中国美术世界行

The World Trip of Chinese Fine Arts
Le Voyage Mondial des Beaux-Arts Chinois

2009

中国美术家协会 编
四川出版集团
四川美术出版社

Compiled by China Artists Association
Sichuan Publishing Group
Sichuan Fine Arts Publishing House

Rédigé par l'Association des Artistes Chinois
Groupe d'Edition de Sichuan
Maison d'Edition des Beaux Arts de Sichuan

前　言

中国有着悠久的文化传统，中国艺术上至公元前三四千年的陶器、玉石，下至当下仍然盛行的中国传统水墨，无不散发出中国特有的文化内涵和艺术气质，煌煌数千年，绵延而不绝。新中国成立以来，中国美术有着巨大的变革，西画之民族化，水墨画之改良，无不折射出中国人对艺术的大追求。与此同时，国人也把目光投向世界，尤其是改革开放以来，中国对世界的了解愈加深入、全面，世界美术不断地被我们请进来。2003年始创，由中国文联、北京市政府、中国美术家协会主办的中国北京国际美术双年展更是将这种“请进来”提升到国际化的水平，成为美术界奥林匹克式的盛会。

与此相比，世界对中国的了解还相对较浅。在世界部分地区人的眼中，中国仍然是个神秘的东方大国，殊不知中国已成为既古老、又现代，集合了多元文化元素的国家。相互了解，求同存异，共同发展，日益成为一种国际化的趋势。中国美术家协会提倡的“熔铸中国气派，塑造国家形象”的目标也正是这一时代潮流的体现。

新中国成立六十年，是中国经济腾飞、科技创新的时代，也是文艺创作百花齐放、名家辈出、精品纷呈的时代。此次由中国美术家协会编集而成的这套“中国美术世界行”大型画册，涵盖了油画、国画、雕塑和版画四部分，以期反映出中国美术六十年发展的面貌和成就，借此回顾六十年的风雨历程，展示六十年的丰硕成果，希望在新时代的高起点上实现新超越。

追求美好生活，反映社会现实，反思社会问题，传承文化传统，体现时代精神和民族精神，是全球艺术家的共同愿望。我们希望以此套丛书总结过去、展望未来，既让全世界了解中国美术过去六十年的辉煌成就，也希望借此激发青年美术家积极投身传承与创新、努力打造中国当代美术精品，为推动国际美术交流与发展，注入中国美术家的才情与奉献。

谨以此献给新中国六十华诞!

中国美术家协会　二○○九年四月

PREFACE

China has a long history of culture tradition. China's Art can trace its sources from crockery, bowlder 3 to 4 thousand years ago to current China's traditional ink paintings, which all have been radiating China's exclusive cultural connotation and artistic temperament of long standing for thousands of years. Ever since the People's Republic of China was founded, great changes and innovations have taken place in China Art. Western paintings have been nationalized and ink paintings have been innovated, from which we can easily find that the Chinese yearn for the real art. Meanwhile, countrymen in China probe into the World. Especially since the reforming and opening-up, China has become much more understanding the world, and the art all over the world has continuously been introduced to China. Beginning in 2003, China Beijing International Fine Arts Double-year Exhibition, hosted by China Federation of Literary and Art Circles, Municipal Government of Beijing and Chinese Artists' Association , has become a great Olympic pageant in Art Circle. It has internationalized "introducing to China".

However, peoples in other countries know little about China. In their opinion, China still is a mysterious oriental country. They don't know that China has become both an ancient and a modern country incorporating multi-cultural factors together. Mutual understanding and seeking the common grounds while shelving the differences as well as common development have become an internationalized tendency increasingly. The objective "Forge China's Manner, Shape China's Image" advocated by Chinese Artists' Association is just a demonstration of this current tide.

Ever since New China was founded in October 1st, 1949, sixty years has passed. The past six decades is an epoch of economy boom and science and technology innovation as well as an epoch of great achievements of literature and art creation. The great set of paintings by name "China Art World Tour", compiled by China Artists' Association, including four parts: Oil Paintings, Traditional Chinese Painting, Sculpture and Printmaking, which are expected to reflect status quo and achievements of China Art in the past six years, by the way, we review sixty years' journey of hardship and demonstrate sixty years' achievements through this set of paintings. We hope that greater achievements will be gained in this new epoch based on new starting point.

Pursuing happy life, reflecting social reality, pondering social issues and inheriting cultural tradition as well as demonstrating epoch brand and national spirits have become common wishes of artists throughout the World. The series of books summarize the past and look forward to the future. We hope that these books can let the World realize the great achievements of China Art in the past sixty years. We also hope that these books can inspire young artists in China to actively participate in inheriting and innovating and to make their best endeavors to create China's artistic masterpieces in the present age as well as dedicate them to promote international artistic communications and development.

For the sixtieth anniversary of the People's Republic of China!

China Artists' Association April, 2009

PRÉFACE

La Chine a la tradition culturelle de longue histoire. L'art chinois, de la poterie de terre et du jade environs 3000 à 4000 B.C. au lavis traditionnel chinois encore populaire aujourd'hui, exhale la charme culturelle et l'allure artistique uniques chinoises. Depuis la fondation de la République populaire de Chine, l'art chinois a un grand changement. La sinisation de la peinture occidentale et la réformation du lavis réfractent la grande poursuite des chinois pour l'art. En même temps, les chinois regardent vers le monde, particulièrement après la politique de réforme et d'ouverture, avec la connaissance auprès du monde plus profonde et plus complète, l'art international est introduit continuellement en Chine. L'Exposition biannuelle de l'Art international de Beijing de la Chine organisée par l'Association de la Culture de la Chine, la Municipalité de Beijing et l'Association des Artistes de la Chine qui a été crée au début de 2003 élève ce « introduire » au niveau international. Elle est devenue la grande fête Olympique dans le domaine d'art.

La connaissance du monde auprès de la Chine est comparativement peu profonde. Selon la vision des gens de quelques parts du monde, la Chine est encore un grand pays oriental mystérieux. Cependant, la Chine est devenue un pays polyculturel ancien et moderne à la fois. La connaissance mutuelle, la rechercher de l'identité de vues tout en mettant de côté les divergences et le développement ensemble sont devenus une tendance internationale. Le but comme « le moulage de l'allure chinoise et le modelage de l'image national » préconisé par l'Association des Artistes de la Chine reflète cette tendance d'époque.

Les soixante ans depuis la fondation de la République populaire de Chine sont une époque de l'essor économique et de l'innovation scientifique et technologique de la Chine, et une époque avce nombreux écoles, célèbres et chef-d'œuvres à la fois. Le grand abulme de peinture « le Voyage de l'Art chinois au Monde » rédigé par l'Association des Artistes de la Chine est composé des quatre parties: la peinture à l'huile, la peinture traditionnelle chinoise, la sculpture et l'estampe. Il est destiné à représenter la physionomie et l'exploit du développement artistique chinoise pendant les soixante ans en Chine afin de se rappeler de la voie des soixante ans, montrer la belle récolte des soixante ans et réaliser un essor sur un haut point de départ à l'époque nouvelle.

L'espoir commun des artistes dans le monde entier est la poursuite la belle vie, la manifestation de la réalité sociale, la réflexion des problèmes socials, la transmission de la tradition culturelle, le reflet de l'esprit de l'époque et de l'esprit national. Nous espérons résumer le passé et envisager le futur pour faire connaître l'exploit brillant de l'art chinois pendant ces dernières soixtante ans au monde, exciter les jeunes artistes à se consacrer à la transmission, l'innovation, et la création des chef d'oeuvres artistiques contemporains chinois afin de déverser le talent et le dévouement des artistes chinois à la promotion de l'échange et du dévoloppement de l'art international.

Nous offrons cet album à l'anniversaire de soixant ans de la Chine.

Association des Artistes de la Chine   Avril, 2009

目 录

CONTENTS

TABLE DES MATIÈRES

中国画
Traditional Chinese Painting
Peinture Traditionnelle Chinoise

油画
Oil Painting
Peinture à l'Huile

版画
Print
Gravure

雕塑

Sculpture
Sculpture

中国画

Traditional Chinese Painting

Peinture Traditionnelle Chinoise

The Yellow River
Traditional Chinese Painting / 192cm×550cm
Bi Jianxun / 2007

黄河
中国画 / 192cm×550cm
毕建勋 / 2007年

Le fleuve jaune
Peinture traditionnelle chinoise / 192cm×550cm
Bi Jianxun / 2007

Breeding
Traditional Chinese Painting / 104cm×101cm
Cao Xiangbin / 2009

哺育
中国画 / 104cm×101cm
曹香滨 / 2009年

Levage
Peinture traditionnelle chinoise / 104cm×101cm
Cao Xiangbin / 2009

The Culture of Wannan
Traditional Chinese Painting / 140cm×70cm
Chen Hui / 2008

皖南文化
中国画 / 140cm×70cm
陈辉 / 2008年

La Culture de Wannan
Peinture traditionnelle chinoise / 140cm×70cm
Chen Hui / 2008

Climbing the Peak after Snowing
Traditional Chinese Painting / 150cm×150cm
Ding Jie / 2009

雪霁登高图
中国画 / 150cm×150cm
丁杰 / 2009年

L'Ascension après la neige
Peinture traditionnelle chinoise / 150cm×150cm
Ding Jie / 2009

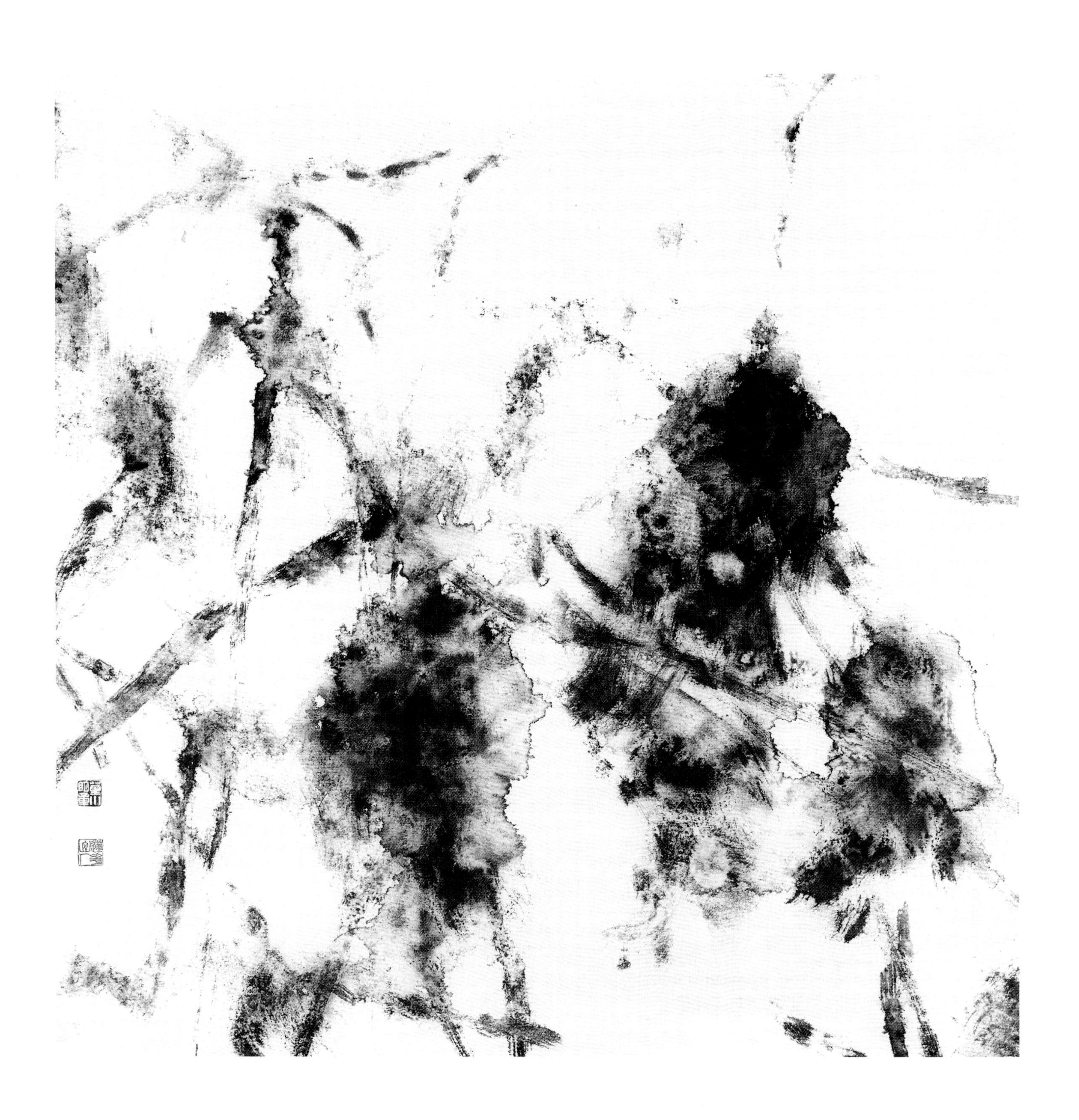

Lotus of Ink
Traditional Chinese Painting / 100cm×100cm
Dong Xiaoming / 2009

墨荷绢本
中国画 / 100cm×100cm
董小明 / 2009年

Lotus d'encre
Peinture traditionnelle chinoise / 100cm×100cm
Dong Xiaoming / 2009

Boat among Lake and Mountains
Traditional Chinese Painting / 137cm×49cm
Fan Yang / 2009

湖山放艇
中国画 / 137cm×49cm
范扬 / 2009年

Le Canotage au Lac
Peinture traditionnelle chinoise / 137cm×49cm
Fan Yang / 2009

The Grain Rain Festival
Traditional Chinese Painting / 68cm×68cm
Fang Xiang / 2009

谷雨
中国画 / 68cm×68cm
方向 / 2009年

La Pluie pour céréal
Peinture traditionnelle chinoise / 68cm×68cm
Fang Xiang / 2009

The Portrait of a Girl
Traditional Chinese Painting / 61cm×61cm
Fang Zheng / 2009

少女肖像
中国画 / 61cm×61cm
方正 / 2009年

Le Portrait de la fille
Peinture traditionnelle chinoise / 61cm×61cm
Fang Zheng / 2009

The Remote Mountains
Traditional Chinese Painting / 99cm×97cm
Feng Yuan / 2007

远山
中国画 / 99cm×97cm
冯远 / 2007年

Le Montagne loin
Peinture traditionnelle chinoise / 99cm×97cm
Feng Yuan / 2007

Do You Still Remember Us?
For 70th Anniversary of the New Fourth Army
Traditional Chinese Painting / 195cm×115cm
Gao Yun / 2007

还记得我们吗——纪念新四军建军70周年
中国画 / 195cm×115cm
高云 / 2007年

Vous souvenez-vous de nous - Commémoration de l'anniversaire de la 70e année de la Quatrième Nouelle Armée
Peinture traditionnelle chinoise / 195cm×115cm
Gao Yun / 2007

Clouds over the Fishing Village
Traditional Chinese Painting / 180cm×90cm
He Jialin / 2004

渔庄闲云
中国画 / 180cm×90cm
何加林 / 2004年

Nuage libre au village de pêche
Peinture traditionnelle chinoise / 180cm×90cm
He Jialin / 2004

Sweet Dream
Traditional Chinese Painting / 70cm×140cm
He Jiaying / 2009

馨梦
中国画 / 70cm×140cm
何家英 / 2009年

Rêve doux
Peinture traditionnelle chinoise / 70cm×140cm
He Jiaying / 2009

Dream Backing My Hometown
Traditional Chinese Painting / 260cm×136cm
Hu Chaoshui / 2007

梦回故乡
中国画 / 260cm×136cm
胡朝水 / 2007年

Rêve au pays natal
Peinture traditionnelle chinoise / 260cm×136cm
Hu Chaoshui / 2007

Tulipe
Traditional Chinese Painting / 100cm×66cm
Hu Mingzhe / 2004

郁金香
中国画 / 100cm×66cm
胡明哲 / 2004年

Tulip
Peinture traditionnelle chinoise / 100cm×66cm
Hu Mingzhe / 2004

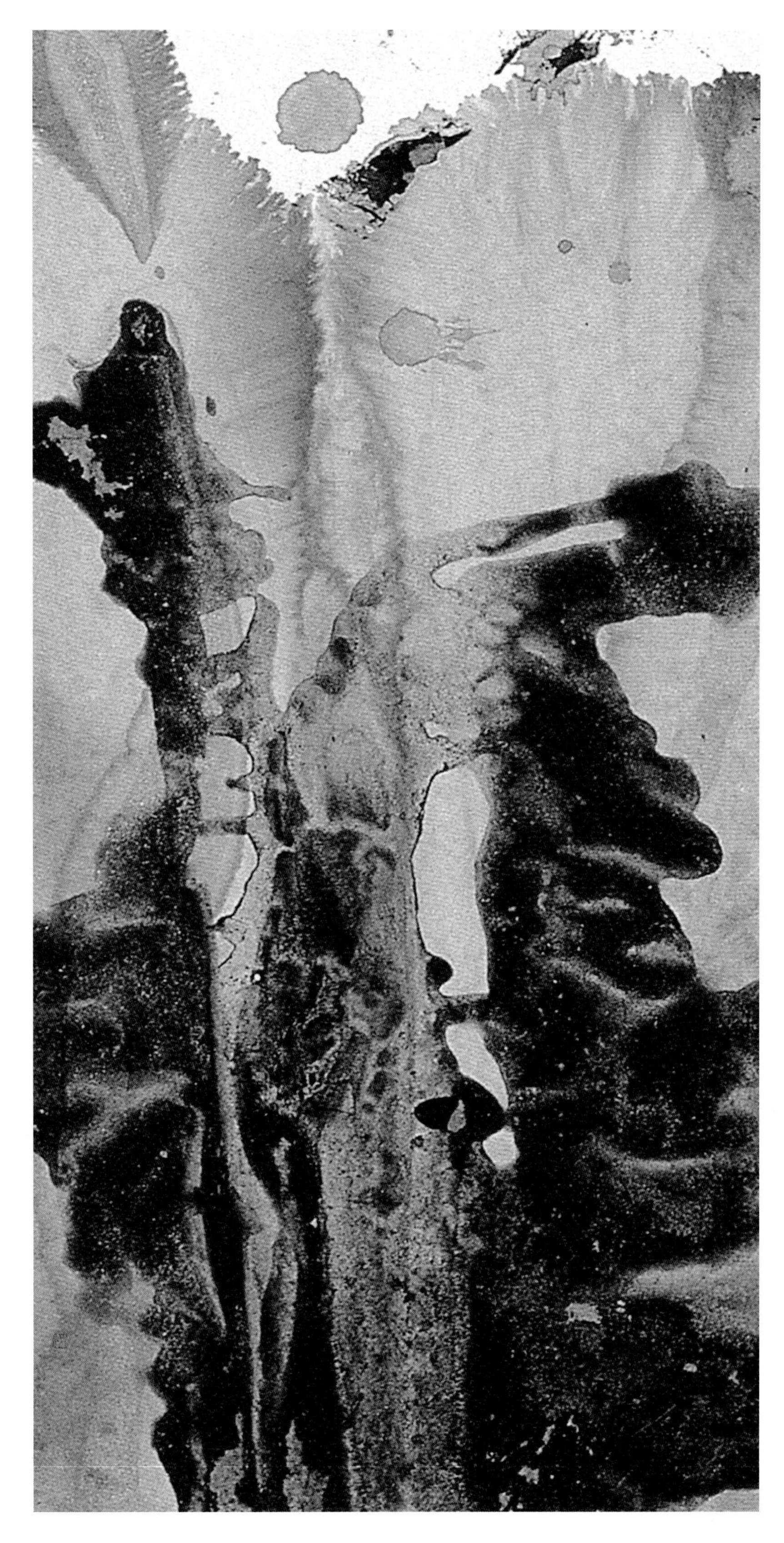

The Palm-leaf in Rain
Traditional Chinese Painting / 134cm×68cm
Hu Wei / 2007

雨芭蕉
中国画 / 134cm×68cm
胡伟 / 2007年

La Banane sous la pluie
Peinture traditionnelle chinoise / 134cm×68cm
Hu Wei / 2007

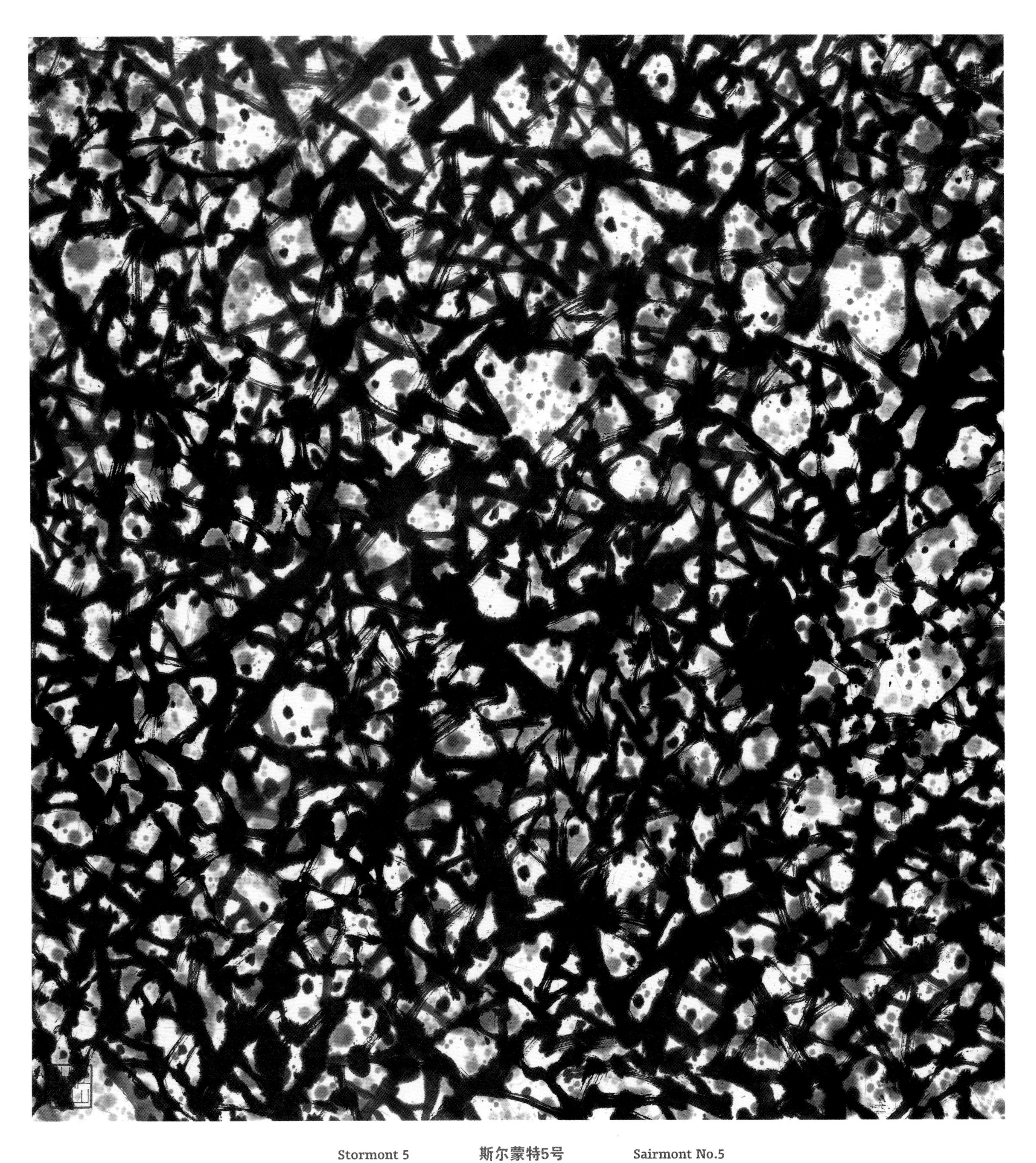

Stormont 5
Traditional Chinese Painting / 100cm×100cm
Jiang Baolin / 2008

斯尔蒙特5号
中国画 / 100cm×100cm
姜宝林 / 2008年

Sairmont No.5
Peinture traditionnelle chinoise / 100cm×100cm
Jiang Baolin / 2008

Autumn Wind
Traditional Chinese Painting / 200cm×200cm
Kong Zi / 1994

秋风
中国画 / 200cm×200cm
孔紫 / 1994年

Brise de l'automne
Peinture traditionnelle chinoise / 200cm×200cm
Kong Zi / 1994

The Very Source of Your Heart
Traditional Chinese Painting / 97cm×215cm
Li Aiguo / 2008

心源
中国画 / 97cm×215cm
李爱国 / 2008年

Humeur
Peinture traditionnelle chinoise / 97cm×215cm
Li Aiguo / 2008

May
Traditional Chinese Painting / 100cm×80cm
Lin Rongsheng / 2009

五月
中国画 / 100cm×80cm
林容生 / 2009年

Mai
Peinture traditionnelle chinoise / 100cm×80cm
Lin Rongsheng / 2009

The White Horse
Traditional Chinese Painting / 87cm×93cm
Liu Dawei / 2009

白马图
中国画 / 87cm×93cm
刘大为 / 2009年

Tableau du cheval blanc
Peinture traditionnelle chinoise / 87cm×93cm
Liu Dawei / 2009

A Poetic Sense of People in Tang Dynasty
Traditional Chinese Painting / 68cm×68cm
Lu Yushun / 2008

唐人诗意
中国画 / 68cm×68cm
卢禹舜 / 2008年

Poétique de la Dynastie de Tang
Peinture traditionnelle chinoise / 68cm×68cm
Lu Yushun / 2008

What We Call the Urbanites
Traditional Chinese Painting / 69cm×46cm
Tian Liming / 2006

都市人
中国画 / 69cm×46cm
田黎明 / 2006年

Gens de la ville
Peinture traditionnelle chinoise / 69cm×46cm
Tian Liming / 2006

Temple of Confucius in Misty Rain
Traditional Chinese Painting / 180cm×97cm
Tian Linhai / 2004

烟雨南孔庙
中国画 / 180cm×97cm
田林海 / 2004年

Temple de Confucius du Sud sous la pluie
Peinture traditionnelle chinoise / 180cm×97cm
Tian Linhai / 2004

Mobile Life
Traditional Chinese Painting / 195cm×195cm
Wang Guanjun / 2004

联通无限
中国画 / 195cm×195cm
王冠军 / 2004年

Liaison Illimitée
Peinture traditionnelle chinoise / 195cm×195cm
Wang Guanjun / 2004

Green Lake in Golden Autumn
Traditional Chinese Painting / 80cm×80cm
Wang Mingming / 2000

金秋翠湖
中国画 / 80cm×80cm
王明明 / 2000年

l'Automne Doré et le Lac Vert
Peinture traditionnelle chinoise / 80cm×80cm
Wang Mingming / 2000

Weather in the South
Traditional Chinese Painting / 150cm×88cm
Wang Peng / 2006

南方的气候
中国画 / 150cm×88cm
王鹏 / 2006年

Climat du Sud
Peinture traditionnelle chinoise / 150cm×88cm
Wang Peng / 2006

Lines and a Dancing Figure
Traditional Chinese Painting / 100cm×100cm
Wang Renhua / 2009

舞线
中国画 / 100cm×100cm
王仁华 / 2009年

Dance des fils
Peinture traditionnelle chinoise / 100cm×100cm
Wang Renhua / 2009

Walking (Partial)
Traditional Chinese Painting / 200cm×130cm
Wang Yingsheng / 2000

踱步 (局部)
中国画 / 200cm×130cm
王颖生 / 2000年

Partie de «Flâner»
Peinture traditionnelle chinoise / 200cm×130cm
Wang Yingsheng / 2000

The Bandsman Yaoduo
Traditional Chinese Painting / 56cm×76cm
Wu Changjiang / 2006

乐手约多
中国画 / 56cm×76cm
吴长江 / 2006年

Musicien Yue Duo
Peinture traditionnelle chinoise / 56cm×76cm
Wu Changjiang / 2006

The Great Articles Series: Site of Ancient Loulan City
Traditional Chinese Painting / 100cm×100cm
Xie Zhen'ou / 2009

锦绣文章系列——楼兰道
中国画 / 100cm×100cm
谢振瓯 / 2009年

Voie de Loulan - Série des beaux articles
Peinture traditionnelle chinoise / 100cm×100cm
Xie Zhen'ou / 2009

A North Chinese Portrait in Autumn
Traditional Chinese Painting / 180cm×120cm
Yuan Wu / 2008

北方的秋天肖像之一
中国画 / 180cm×120cm
袁武 / 2008年

Une des portraits de l'automne du Nord
Peinture traditionnelle chinoise / 180cm×120cm
Yuan Wu / 2008

My Immediate Sweet for Years
Traditional Chinese Painting / 180cm×96cm
Zhang Jie / 2009

度年袖香
中国画 / 180cm×96cm
张捷 / 2009年

Aspiration
Peinture traditionnelle chinoise / 180cm×96cm
Zhang Jie / 2009

Doves
Traditional Chinese Painting / 100cm×100cm
Zhao Guojing, Wang Meifang
2009

鸽子
中国画 / 100cm×100cm
赵国经, 王美芳
2009年

Pigeons
Peinture traditionnelle chinoise / 100cm×100cm
Zhao Guojing, Wang Meifang
2009

The Transformation of Butterfly
Traditional Chinese Painting / 100cm×100cm
Zhao Yuhao / 2009

蝶变
中国画 / 100cm×100cm
赵雨灏 / 2009年

Le Changement de Papillon
Peinture traditionnelle chinoise / 100cm×100cm
Zhao Yuhao / 2009

Rivers and Mountains
Traditional Chinese Painting / 123cm×246cm
Zheng Baizhong / 2005

碧波万顷
中国画 / 123cm×246cm
郑百重 / 2005年

Vaste étendue d'eau bleu
Peinture traditionnelle chinoise / 123cm×246cm
Zheng Baizhong / 2005

The Trend and Nail Beauty
Traditional Chinese Painting / 130cm×70cm
Zhuang Daojing / 2009

潮·美甲
中国画 / 130cm×70cm
庄道静 / 2009年

Faire la beauté des ongles
Peinture traditionnelle chinoise / 130cm×70cm
Zhuang Daojing / 2009

油画

Oil Painting

Peinture à l'Huile

The White
Oil Painting on Canvas / 80cm×40cm
Chao Ge / 2009

白色
布面油画 / 80cm×40cm
朝戈 / 2009年

Blanc
peinture à l'huile / 80cm×40cm
Chao Ge / 2009

On the Other Shore, Thick Clouds Flow
mixed media on canvas / 120cm×180cm
Ding Fang / 2008

对岸，浓云飞渡
布面综合 / 120cm×180cm
丁方 / 2008年

L'autre côté - pleins de nuages louredes
matériel synthétique à l'huile / 120cm×180cm
Ding Fang / 2008

The Metropolis's Life
Oil Painting on Canvas / 146cm×180cm
Du Haijun / 2009

都市生活
布面油画 / 146cm×180cm
杜海军 / 2009年

Vie de la ville
peinture à l'huile / 146cm×180cm
Du Haijun / 2009

The City No.6
Oil Painting on Canvas / 180cm×220cm
Duan Jianghua / 2008

城No.6
布面油画 / 180cm×220cm
段江华 / 2008年

Ville No.6
peinture à l'huile / 180cm×220cm
Duan Jianghua / 2008

The Courtyard in the Sun Light
Oil Painting on Canvas / 91cm×73cm
Gao Peng / 2009

阳光下的院落
布面油画 / 91cm×73cm
高鹏 / 2009年

Cour sous le soleil
peinture à l'huile / 91cm×73cm
Gao Peng / 2009

The Family
Oil Painting on Canvas / 150cm×180cm
Guo Hua / 2004

一家人
布面油画 / 150cm×180cm
郭华 / 2004年

Une famill
peinture à l'huile / 150cm×180cm
Guo Hua / 2004

The Grassland and the Herdsman
Oil Painting on Canvas / 60cm×90cm
Jin Min / 2009

草原・牧人
布面油画 / 60cm×90cm
金敏 / 2009年

Prairie · pasteur
peinture à l'huile / 60cm×90cm
Jin Min / 2009

The Silk Road
Oil Painting on Canvas / 130cm×170cm
Liu Daming / 2007

丝绸之路
布面油画 / 130cm×170cm
刘大明 / 2007年

Route de soie
peinture à l'huile / 130cm×170cm
Liu Daming / 2007

Killing a Tortue
Oil Painting on Canvas / 280cm×210cm
Lu Liang / 2005

屠龟
布面油画 / 280cm×210cm
陆亮 / 2005年

Le Massacre de la tortue
peinture à l'huile / 280cm×210cm
Lu Liang / 2005

My Quiet and Happy Hometown
See Again Smoke From Kitchen Chimneys
Oil Painting on Canvas / 180cm×35cm
Meng Xinyu / 2004

快乐老家
又见炊烟
布面油画 / 180cm×35cm
孟新宇 / 2004年

Pays natal jouyeux
Revoir la fumée de cuisin
peinture à l'huile / 180cm×35cm
Meng Xinyu / 2004

The Wisdom Language
Oil Painting on Canvas / 90cm×70cm
Ren Chuanwen / 2008

慧语
布面油画 / 90cm×70cm
任传文 / 2008年

Langue malin
peinture à l'huile / 90cm×70cm
Ren Chuanwen / 2008

The Year of Youth
Oil Painting on Canvas / 120cm×40cm
Tan Liqun / 2008

青春绽放的年代
布面油画 / 120cm×40cm
谭立群 / 2008年

La Période de la jeunesse
peinture à l'huile / 120cm×40cm
Tan Liqun / 2008

What I Impressed on the City Beijing
mixed media on canvas / 100cm×73cm
Tang Chenghua / 2009

北京印象
布面综合 / 100cm×73cm
唐承华 / 2009年

Impression de Beijing
matériel synthétique à l'huile / 100cm×73cm
Tang Chenghua / 2009

The Echo of the History 10
Oil Painting on Canvas / 130cm×180cm
Wang Pengfei / 2008

历史的回声之十
布面油画 / 130cm×180cm
汪鹏飞 / 2008年

Dixième de la Série de l'Echo de l'Histoire
peinture à l'huile / 130cm×180cm
Wang Pengfei / 2008

Landscape of Wole Village in Mount Laoshan
Oil Painting on Canvas / 100cm×80cm
Wang Keju / 2008

崂山——我乐村风景
布面油画 / 100cm×80cm
王克举 / 2008年

Montagne de Laoshan - paysage du viallage
peinture à l'huile / 100cm×80cm
Wang Keju / 2008

The West of Hunan Province
Oil Painting on Canvas / 80cm×100cm
Xie Dongming / 2008

湘西
布面油画 / 80cm×100cm
谢东明 / 2008年

L'Ouest de la Province du Hunan
peinture à l'huile / 80cm×100cm
Xie Dongming / 2008

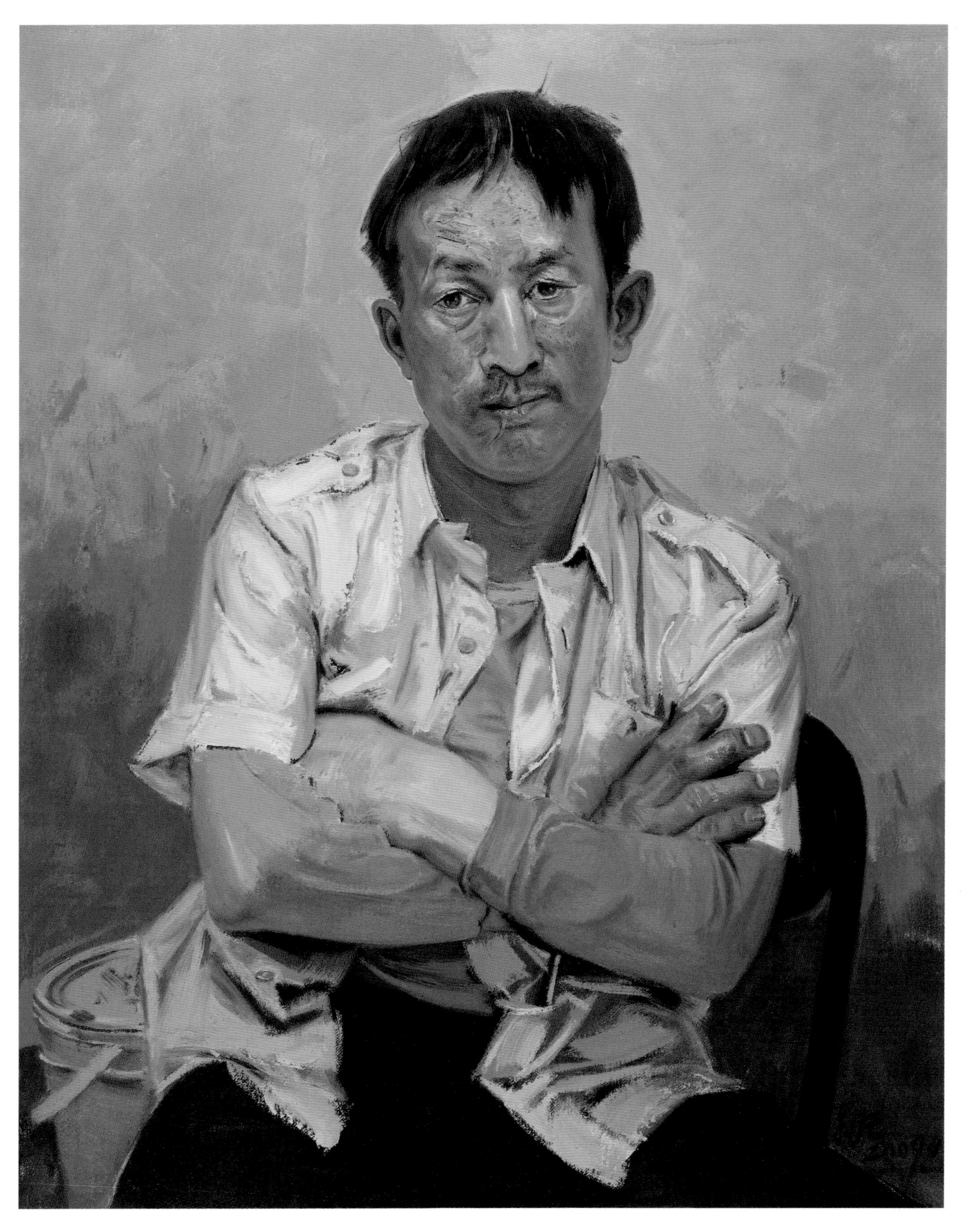

The Scar
Oil Painting on Canvas / 80cm×40cm
Xin Dongwang / 2009

伤疤
布面油画 / 80cm×65cm
忻东旺 / 2009年

Cicatrice
peinture à l'huile / 80cm×65cm
Xin Dongwang / 2009

Portrait of Samaranch
Oil Painting on Canvas / 250cm×200cm
Xu Weixin / 2007

萨马兰奇肖像
布面油画 / 250cm×200cm
徐唯辛 / 2007年

Portrait de Samaranch
peinture à l'huile / 250cm×200cm
Xu Weixin / 2007

Development Trend
Oil Painting on Canvas / 150cm×180cm
Xu Xiaoyan / 2007

开发
布面油画 / 150cm×180cm
徐晓燕 / 2007年

Développement
peinture à l'huile / 150cm×180cm
Xu Xiaoyan / 2007

Reading "100-year solitude"
Oil Painting on Canvas / 180cm×200cm
Yan Ping / 2007

读《百年孤独》
布面油画 / 180cm×200cm
闫平 / 2007年

Lire "la solitude de 100 ans"
peinture à l'huile / 180cm×200cm
Yan Ping / 2007

A Scale Also in His Heart
Oil Painting on Canvas / 116cm×81cm
Yang Feiyun / 2008

心中有杆秤
布面油画 / 116cm×81cm
杨飞云 / 2008年

Balance au coeur
peinture à l'huile / 116cm×81cm
Yang Feiyun / 2008

In the South of the Yellow River
Oil Painting on Canvas / 70cm×35cm
Yang Haifeng / 2009

在河之南
布面油画 / 70cm×35cm
杨海峰 / 2009年

Au sud de la rivière
peinture à l'huile / 70cm×35cm
Yang Haifeng / 2009

Mr. Lu Xun
Oil Painting on Canvas / 170cm×180cm
Yu Xiaofu / 2007

鲁迅先生
布面油画 / 170cm×180cm
俞晓夫 / 2007年

Monsieur Luxun
peinture à l'huile / 170cm×180cm
Yu Xiaofu / 2007

She, a Girl in North Shanxi
acrylic on canvas
150cm×300cm + 150cm×300cm
Yu Hong / 2007

她——陕北女孩
布面丙烯
150cm×300cm+150cm×110cm
喻红 / 2007年

Elle - fille de Shanbei
acrylique à l'huile
150cm×300cm + 150cm×300cm
Yu Hong / 2007

The Old Forest in Mount Changbai
Oil Painting on Canvas / 150cm×110cm
Zhao Kaikun / 2008

长白老林
布面油画 / 150cm×110cm
赵开坤 / 2008年

Forêt de la Montagne de Changbai
peinture à l'huile / 150cm×110cm
Zhao Kaikun / 2008

版画

Print

Gravure

Doves
Wood engraving / 80cm×55cm
A Ge / 1984

鸽子
木版 / 80cm×55cm
阿鸽 / 1984年

Pigeons
estampe / 80cm×55cm
A Ge / 1984

September in North China
Wood engraving / 58.5cm×98cm
Chao Mei / 1972

北方九月
木版 / 58.5cm×98cm
晁楣 / 1972年

Septembre du Nord
estampe / 58.5cm×98cm
Chao Mei / 1972

Gradually Recovered Memery, Red Clouds
Lithograph / 65cm×49cm
Chen Jiuru / 2009

逐渐恢复的记忆·红云
石版 / 65cm×49cm
陈九如 / 2009年

Mémoire rétabli progressivement
littographie / 65cm×49cm
Chen Jiuru / 2009

Water No.5
Wood engraving / 59.5cm×99cm
Chen Qi / 2008

水No.5
木版 / 59.5cm×99cm
陈琦 / 2008年

Eau No.5
estampe / 59.5cm×99cm
Chen Qi / 2008

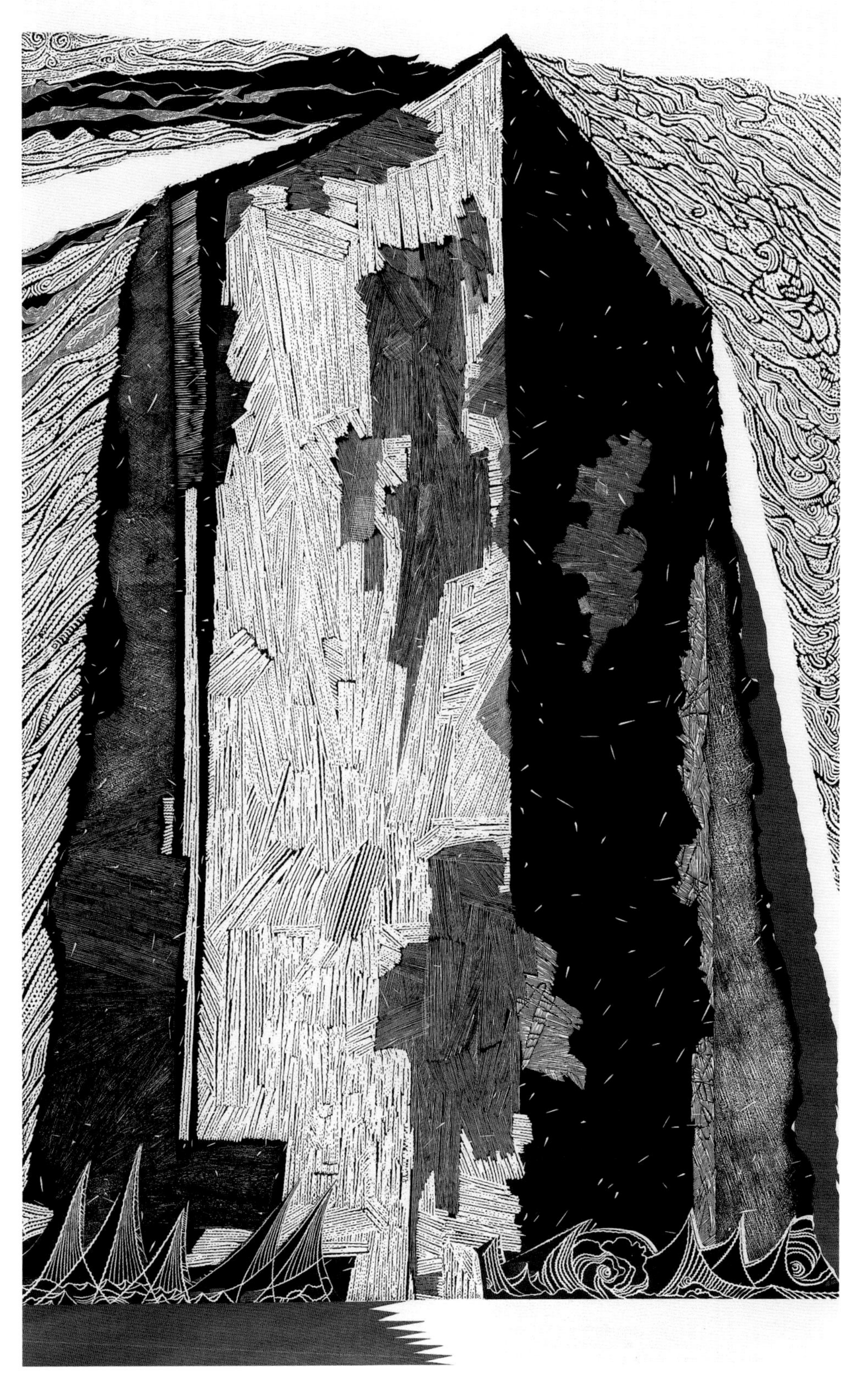

The Long River
Wood engraving / 150cm×95cm
Dai Zhengsheng / 2004

长河
木版 / 150cm×95cm
戴政生 / 2004年

Longue rivière
estampe / 150cm×95cm
Dai Zhengsheng / 2004

Four Pieces
Wood engraving / 140cm×64cm×4
Dong Kejun / 1988

四并列
木版 / 140cm×64cm×4
董克俊 / 1988年

Quatres Juxtapositions
estampe / 140cm×64cm×4
Dong Kejun / 1988

Illustration for Lao She's Work
Wood engraving / 21cm×22cm×4
Gao Rongsheng / 1999

《老舍》插图
木版 / 21cm×22cm×4
高荣生 / 1999年

Illustration de «Lao She»
estampe / 21cm×22cm×4
Gao Rongsheng / 1999

Turret	角楼	Pavillon dans le coin
Wood engraving / 45cm×30cm	木版 / 45cm×30cm	estampe / 45cm×30cm
Guang Jun / 1999	广军 / 1999年	Guang Jun / 1999

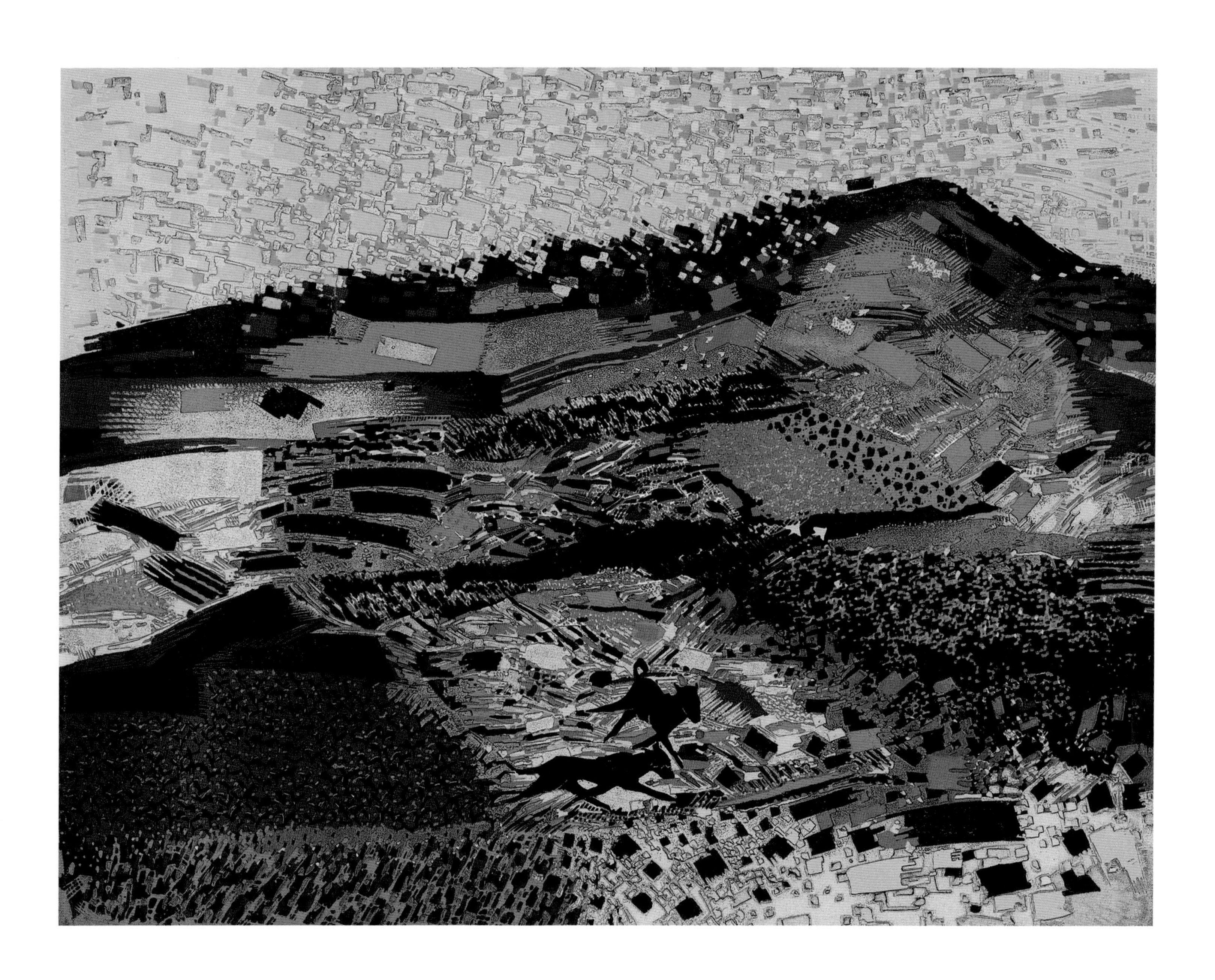

Vast Land	原野	Plaine
Wood engraving / 68cm×90cm	木版 / 68cm×90cm	estampe / 68cm×90cm
He Kun / 2002	贺焜 / 2002年	He Kun / 2002

Spring Rain and Breeze Come To South China
Wood engraving / 45cm×59cm
Huang Pimo / 1980

春风春水江南
木版 / 45cm×59cm
黄丕谟 / 1980年

Brise et rivière pritanière au Sud du Fleuv
estampe / 45cm×59cm
Huang Pimo / 1980

The Bird's Nest
Wood engraving / 100cm×180cm
Kang Jianfei / 2007

鸟巢
木版 / 100cm×180cm
康剑飞 / 2007年

Nid
estampe / 100cm×180cm
Kang Jianfei / 2007

No Title Series No. 22
Lithograph / 38cm×45cm
Kou JIanghui / 2007

无题系列二十二
石版 / 38cm×45cm
寇疆辉 / 2007年

La série de sans titre 22
littographie / 38cm×45cm
Kou JIanghui / 2007

Breakout
Wood engraving / 93.8cm×92.1cm
Lei Wuwu / 2006

紧急突围
木版 / 93.8cm×92.1cm
雷务武 / 2006年

Sortie urgente
estampe / 93.8cm×92.1cm
Lei Wuwu / 2006

First Step on the Gold Road
Wood engraving / 54cm×49cm
Li Huanmin / 1958

初踏黄金路
木版 / 54cm×49cm
李焕民 / 1958年

Première étape sur la voie d'or
estampe / 54cm×49cm
Li Huanmin / 1958

The Dream of Snow Moutains
Wood engraving / 55cm×115cm
Li Zhongxiang / 1986

雪山梦
木版 / 55cm×115cm
李忠翔 / 1986年

Rivière de la montagne chenue
estampe / 55cm×115cm
Li Zhongxiang / 1986

The Lost Dusk
Wood engraving / 160cm×80cm
Ling Junwu / 2007

遗落的黄昏
木版 / 160cm×80cm
凌君武 / 2007年

Crépuscule tombé
estampe / 160cm×80cm
Ling Junwu / 2007

Instant · Eternel	**瞬间 · 永恒**	**Instant · Eternité**
composite / 50cm×60cm	综合版 / 50cm×60cm	plaque synthétique / 50cm×60cm
Liu Jian, Wang Lan	刘建，王兰	Liu Jian, Wang Lan
1989	1989年	1989

My Farmland and I No.3
Wood engraving / 101cm×70cm
Luo Guirong / 2007

我和我的土地之三
木版 / 101cm×70cm
罗贵荣 / 2007年

Ma terre et moi no.3
estampe / 101cm×70cm
Luo Guirong / 2007

The Hisroty of the Big River
Wood engraving / 72cm×90cm
Shi Yi / 1996

大江春秋
木版 / 72cm×90cm
史一 / 1996年

Printemps et automne de la grande rivière
estampe / 72cm×90cm
Shi Yi / 1996

The Autumn Moon
Lithograph / 67cm×50cm
Song Guangzhi / 2000

秋月
石版 / 67cm×50cm
宋光智 / 2000年

Lune de l'automne
littographie / 67cm×50cm
Song Guangzhi / 2000

The Sleepless Land	**不眠的大地**	**Terre pas dormant**
Wood engraving / 32.5cm×79cm	木版 / 32.5cm×79cm	estampe / 32.5cm×79cm
Song Yuanwen / 1979	宋源文 / 1979年	Song Yuanwen / 1979

The Promise of Spring
Wood engraving / 27cm×37cm
Sun Tingzhuo / 1961

迎春曲
木版 / 27cm×37cm
孙廷卓 / 1961年

Mélodie pour printemps
estampe / 27cm×37cm
Sun Tingzhuo / 1961

Carry Straw on the Way Home
Wood engraving / 70cm×89cm
Teng Yufeng / 1998

背负
木版 / 70cm×89cm
腾雨峰 / 1998年

Portant sur le dos
estampe / 70cm×89cm
Teng Yufeng / 1998

Mirror-like Water Surface No.1
Wood engraving / 155cm×50cm
Wan Ziliang / 2002

如镜的水面之一
木版 / 155cm×50cm
万子亮 / 2002年

La série de la «Surface de l'eau comme le miroir» 1
estampe / 155cm×50cm
Wan Ziliang / 2002

Portrait of a Figure in Guizhou Province
Wood engraving / 29cm×36cm
Wang Huaxiang / 1988

贵州人
木版 / 29cm×36cm
王华祥 / 1988年

Guizhounese
estampe / 29cm×36cm
Wang Huaxiang / 1988

Farmland Hopeful
Wood engraving / 80cm×60cm
Wang Huiliang / 2006

在希望的田野上
木版 / 80cm×60cm
王惠亮 / 2006年

Sur le champ d'espoir
estampe / 80cm×60cm
Wang Huiliang / 2006

A Cabin in the Woods
Wood engraving / 60cm×42cm
Wang Jieyin / 1993

林中小屋
木版 / 60cm×42cm
王劼音 / 1993年

Cabanon dans la forêt
estampe / 60cm×42cm
Wang Jieyin / 1993

Everyboy's Entitled to Get a House
Wood engraving / 90cm×60cm
Wang Wenming / 2006

居者有屋
木版 / 90cm×60cm
王文明 / 2006年

L'habitant a la maison
estampe / 90cm×60cm
Wang Wenming / 2006

The Superman
Lithograph / 50cm×73cm
Wei Jia / 2002

超人
石版 / 50cm×73cm
韦嘉 / 2002年

Superhomme
littographie / 50cm×73cm
Wei Jia / 2002

My Village
Wood engraving / 45cm×60cm
Wei Qicong / 1989

村寨
木版 / 45cm×60cm
魏启聪 / 1989年

Village
estampe / 45cm×60cm
Wei Qicong / 1989

Happyness for Harvest
Wood engraving / 40cm×60cm
Wu Biduan / 1979

丰收的喜悦
木版 / 40cm×60cm
伍必端 / 1979年

Joie de la récolte
estampe / 40cm×60cm
Wu Biduan / 1979

The Lord
Wood engraving / 58cm×58cm
Xu Kuang, A Ge
1978

主人
木版 / 58cm×58cm
徐匡, 阿鸽
1978年

Hôte
estampe / 58cm×58cm
Xu Kuang, A Ge
1978

The Lost of Tide
Wood engraving / 65cm×75cm
Xu Qinsong / 1989

潮的失落
木版 / 65cm×75cm
许钦松 / 1989年

Perte de la marée
estampe / 65cm×75cm
Xu Qinsong / 1989

Spring Tide
Wood engraving / 27cm×31cm
Yan Han / 1978

春潮
木版 / 27cm×31cm
彦涵 / 1978年

Marée du Printemps
estampe / 27cm×31cm
Yan Han / 1978

Peony and Rich
Wood engraving / 68cm×46cm
Yang Chunhua / 1991

牡丹富贵图
木版 / 68cm×46cm
杨春华 / 1991年

Tableau de richesse de pivoine
estampe / 68cm×46cm
Yang Chunhua / 1991

Recalling
Copperplate Etching / 40cm×54.5cm
Yang Yue / 1998

回忆
铜版 / 40cm×54.5cm
杨越 / 1998年

Mémoire
gravure sur cuivre / 40cm×54.5cm
Yang Yue / 1998

The Xidi Village Series No.11
Wood engraving / 50cm×60cm
Ying Tianqi / 1989

西递村系列之十一
木版 / 50cm×60cm
应天齐 / 1989年

La Série du «Village de Xidi» 11
estampe / 50cm×60cm
Ying Tianqi / 1989

Rising Sun
Wood engraving / 105cm×82.5cm
Yuan Qinglu / 1995

初升的太阳
木版 / 105cm×82.5cm
袁庆禄 / 1995年

Soleil levant
estampe / 105cm×82.5cm
Yuan Qinglu / 1995

The Phonix Nirvana No.2
Copperplate Etching / 99cm×50cm
Zhang Lanjun / 2006

凤凰涅槃之二
铜版 / 99cm×50cm
张岚军 / 2006年

Le «nirvana du phénix» 2
gravure sur cuivre / 99cm×50cm
Zhang Lanjun / 2006

Spring
Wood engraving / 40cm×42cm
Zhao Zongzao / 1960

四季春
木版 / 40cm×42cm
赵宗藻 / 1960年

Printemps
estampe / 40cm×42cm
Zhao Zongzao / 1960

Black Peony and White Peony
Wood engraving / 56cm×74cm
Zheng Shuang / 1984

黑牡丹、白牡丹
木版 / 56cm×74cm
郑爽 / 1984年

Pivoine noir et blanc
estampe / 56cm×74cm
Zheng Shuang / 1984

The Early Autumn
Wood engraving / 89cm×82cm
Zhong Changqing / 1999

初秋
木版 / 89cm×82cm
钟长清 / 1999年

Début de l'automne
estampe / 89cm×82cm
Zhong Changqing / 1999

Between the Ancient and Future
Silk-screen Printing / 80cm×70cm
Zhong Xi / 2000

落差系列——远古与未来
丝网版 / 80cm×70cm
钟曦 / 2000年

Série de la différence de niveau - ancienneté et futur
gravure de soie / 80cm×70cm
Zhong Xi / 2000

Zhuoma in Sleeping with Posture
Wood engraving / 36cm×47cm
Zou Xiaoping / 1999

有睡姿的卓玛
木版 / 36cm×47cm
邹晓萍 / 1999年

Drama couché
estampe / 36cm×47cm
Zou Xiaoping / 1999

雕塑

Sculpture

Sculpture

The Inverted Hill
Stainless Steel / 90cm×90cm×120cm
Chen Hui / 2007

倒立的山
不锈钢 / 90cm×90cm×120cm
陈辉 / 2007年

Colline renversée
acier inoxydable / 90cm×90cm×120cm
Chen Hui / 2007

Flying
Bronze / 60cm×70cm×60cm
Chen Yijun / 2007

飘
青铜 / 60cm×70cm×60cm
陈亦均 / 2007年

Flotter
bronze / 60cm×70cm×60cm
Chen Yijun / 2007

Childhood Dream
Copper / 30cm×10cm×30cm
Deng Ke / 2005

童年之梦
铜 / 30cm×10cm×30cm
邓柯 / 2005年

Rêve de l'enfance
bronze / 30cm×10cm×30cm
Deng Ke / 2005

A Dinosaure Line Dance 2008
Wood and Thind Iron Sheet / 380cm×62cm×120cm
Jian Xiangdong / 2006

人龙舞动2008
木、薄铁皮 / 380cm×62cm×120cm
简向东 / 2006年

Dance 2008
bois, feuille de fer fine / 380cm×62cm×120cm
Jian Xiangdong / 2006

The Melody
Copper / Height 45cm
Li Ming / 2008

旋律
铜 / 高45cm
黎明 / 2008年

Mélodie
bronze / hauteur 45cm
Li Ming / 2008

The Angel of Friendship and Peace
Bronze / 100cm×85cm×78cm
Li Fujun, etc / 2005

友谊和平天使
青铜 / 100cm×85cm×78cm
李富军等 / 2005年

Ange d'amitier et de paix
bronze / 100cm×85cm×78cm
Li Fujun, etc / 2005

We Are Walking Forward a Bright Tomorrow
Copper / 110cm High and 55cm Wide
Li Xiangqun / 2008

我们走在大路上
铜 / 110cm×55cm
李象群 / 2008年

Nous marchons au boulevard
bronze / hauteur 110cm, largeur 55cm
Li Xiangqun / 2008

Your Majesty Shun
Fiberglass / 120cm×200cm×120cm
Liu Anwen / 2003

道德鼻祖——舜帝
玻璃钢 / 120cm×200cm×120cm
刘安文 / 2003年

Ancêtre de moralité - Empereur de Shun
acier de verre / 120cm×200cm×120cm
Liu Anwen / 2003

Interesting
Copper / 120cm×80cm×95cm
Liu Youquan / 2004

趣儿
黄铜板 / 120cm×80cm×95cm
刘有权 / 2004年

Joie
bronze jaune / 120cm×80cm×95cm
Liu Youquan / 2004

City Beauties
Wood Carving / 70cm×80cm×35cm
Lu Jin / 2004

都市丽影
木雕 / 70cm×80cm×35cm
陆金 / 2004年

Silouette jolie de la ville
bois / 70cm×80cm×35cm
Lu Jin / 2004

The Indonesian Tsunami:
Life's Tragedy Series No. 1
Fiberglass, Nail and Iron Wire
80cm×220cm×60cm
Luo Si / 2004

印尼海啸
——生命哀歌系列之一
玻璃钢、钉子、铁丝
80cm×220cm×60cm
罗斯 / 2004年

Raz de marée de l'Indonésie
- une de la série de l'élégie de la vie
acier de verre, clou, fil de ferre
80cm×220cm×60cm
Luo Si / 2004

Players of Cock-like Fighitng Game in the Alley
Fiberglass / 42cm×130cm×116cm
Mao Guanfu / 2003

弄堂里的斗鸡手
玻璃钢 / 42cm×130cm×116cm
毛关福 / 2003年

Combatteur de coqs dans la ruelle
acier de verre / 42cm×130cm×116cm
Mao Guanfu / 2003

A Femal Body
Copper / 55cm×20cm
Qian Shaowu / 1987

女人体
铜 / 55cm×20cm
钱绍武 / 1987年

Corps de femme
bronze / 55cm×20cm
Qian Shaowu / 1987

The Weightlessness
Copper / 55cm×50cm×73cm
Qiao Qian / 2007

失重
铸铜 / 55cm×50cm×73cm
乔迁 / 2007年

Agravité
bronze / 55cm×50cm×73cm
Qiao Qian / 2007

Zhuoma
Bronze / 40cm×33cm×7cm
Sheng Yang / 1986

卓玛
青铜 / 40cm×33cm×7cm
盛杨 / 1986年

Drama
bronze / 40cm×33cm×7cm
Sheng Yang / 1986

The Big Hair Braid
Cypresses / 15cm×19cm×108cm
Sun Jiabo / 1995

大辫子
柏木 / 15cm×19cm×108cm
孙家钵 / 1995年

Grande tresse
bois du cyprès / 15cm×19cm×108cm
Sun Jiabo / 1995

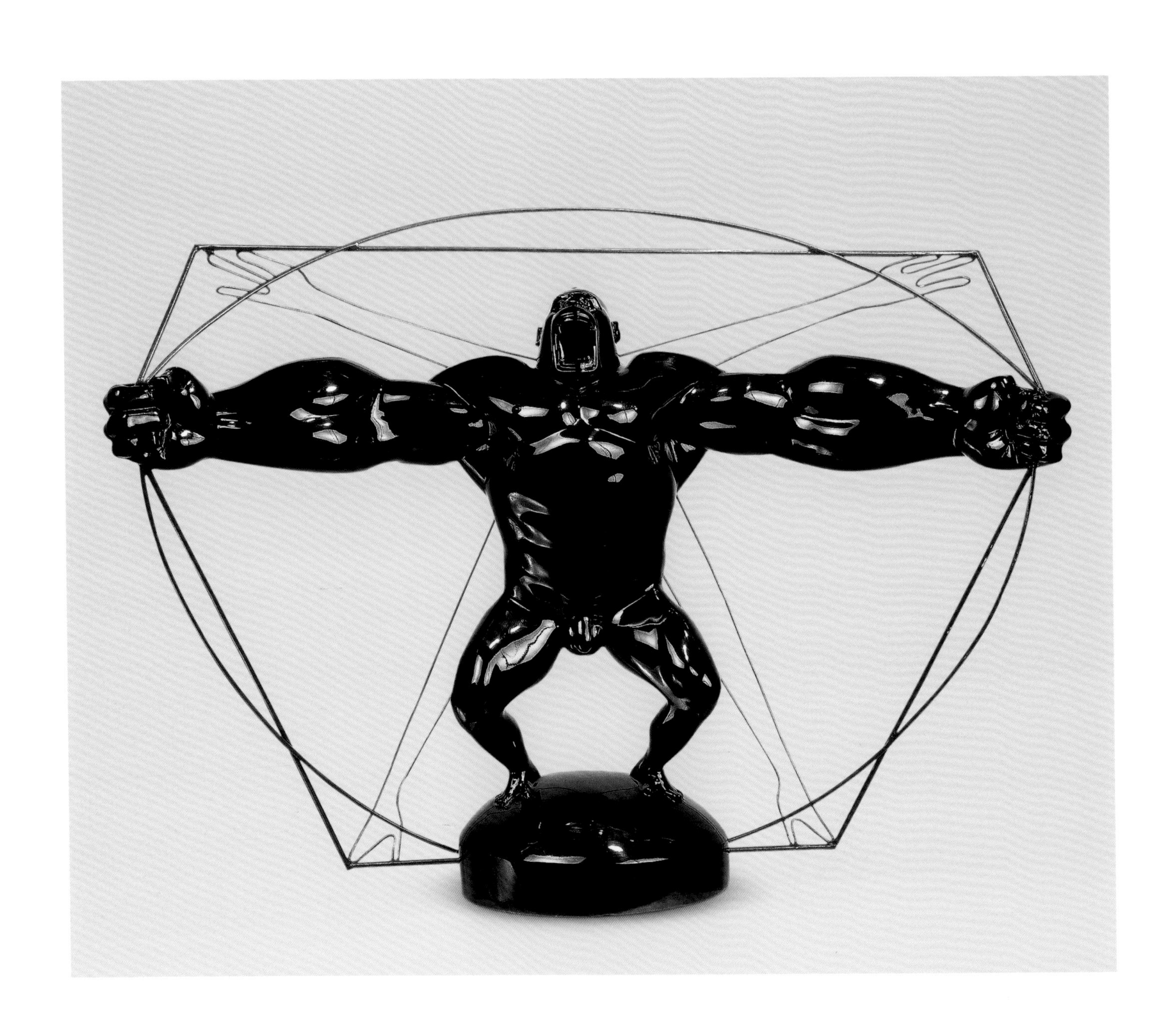

Making Havoc in Heaven
Stainless Steel, Stoving Varnish
150cm×120cm×80cm
Sun Xiangyong / 2007

大闹天宫
不锈钢烤漆
150cm×120cm×80cm
孙相勇 / 2007年

Dévastation au paradi
l'acier inoxydable rôti de peinture
150cm×120cm×80cm
Sun Xiangyong / 2007

A Talk Between I and Myself
Fiberglass, Color Stainless Steel
165cm×190cm×110cm
Tang Yong / 2004

我与我的一次对话
玻璃钢、着色不锈钢
165cm×190cm×110cm
唐勇 / 2004年

Mon dialogue avec moi
acier de verre, acier inoxydable en couleur
165cm×190cm×110cm
Tang Yong / 2004

The Shadow	**影子**	**Reflèt**
Fiberglass / 80cm×80cm×140cm	玻璃钢 / 80cm×80cm×140cm	acier de verre / 80cm×80cm×140cm
Wang Gang, Yang Meng	王钢、杨萌	Wang Gang, Yang Meng
2007	2007年	2007

A Woman
Bronze / Height 80cm
Wang Hongliang / 1995

一个女人
青铜 / 高80cm
王洪亮 / 1995年

Une femme
bronze / hauteur 80cm
Wang Hongliang / 1995

The Childhood
Copper / 85cm×50cm×50cm
Wu Jinguo / 2007

童年
铜 / 85cm×50cm×50cm
吴金果 / 2007年

Enfance
bronze / 85cm×50cm×50cm
Wu Jinguo / 2007

The Painter Qi Baishi: Alike or not Alike
Bronze / 320cm×110cm×58cm
Wu Weishan / 2004

似与不似之魂——齐白石
青铜 / 320cm×110cm×58cm
吴为山 / 2004年

Esprit - Qi Baishi
bronze / 320cm×110cm×58cm
Wu Weishan / 2004

Girls Series No.1
Comprehensive Materials / 88cm×75cm×35cm
Xu Yahui / 2005

女孩系列－I
综合材料 / 88cm×75cm×35cm
徐雅惠 / 2005年

Série de la jeune fille - I
matériel synthétique / 88cm×75cm×35cm
Xu Yahui / 2005

A Boy in Punishment
Fiberglass Spray-paint / 168cm×85cm×45cm
Yu Fan / 2009

受罚的男孩
玻璃钢喷漆 / 168cm×85cm×45cm
于凡 / 2009年

Enfant puni
acier de verre laqué / 168cm×85cm×45cm
Yu Fan / 2009

The Story of Lotus
Stainless Steel / 100cm×100cm×50cm
Zeng Chenggang / 2008

莲说
不锈钢 / 100cm×100cm×50cm
曾成钢 / 2008年

Langue du lotus
acier de verre / 100cm×100cm×50cm
Zeng Chenggang / 2008

Harvest Rocket in 2006
Jewelry Enamel / 98cm High, 30cm Wide
Zhang Defeng / 2006

2006丰收号
景泰蓝 / 98cm×30cm
张德峰 / 2006年

Fusée de récolte de 2006
Email / Hauteur 98cm, Largeur 30cm
Zhang Defeng / 2006

The Whole Family of Afu
Bronze / 52cm×39cm×26cm
Zhou Acheng / 2005

阿福一家
青铜 / 52cm×39cm×26cm
周阿成 / 2005年

Famille d'Afu
Bronze / 52cm×39cm×26cm
Zhou Acheng / 2005

作者简介

About the Author

Présentation des Auteurs

毕建勋，1962年生于辽宁，毕业于中央美术学院，现任中央美术学院中国画学院副教授。

Bi Jianxun, born in Liaoning in 1962 and graduated from the Central Academy of Fine Arts. Now he is the vice-professor of Chinese Painting Department of Central Academy of Fine Arts.

Bi Jianxun, né à Liaoning en 1962. Il est diplomé de l'Académie Centrale des Beaux-Arts. Il est vice-professeur de la Faculté de la Peinture traditionnelle chinoise de l'Académie Centrale des Beaux-Arts.

–

曹香滨，1960年生于黑龙江省哈尔滨市，现任中国美术家协会理事、黑龙江省画院副院长。

Cao Xiangbin, born in Harbin of Heilongjiang Province in 1960. Now she is the vice-president of Heilongjiang Fine Arts Academy and director of China Artists Association.

Cao Xiangbin, née à Haerbin en Heilongjiang en 1960. Elle est membre du conseil de l'Association des Artistes Chinois et vice-directrice de la Galerie d'Art de Heilongjiang.

–

陈辉，1959年生于安徽合肥，现为清华大学美术学院教授、中国美术家协会会员。

Chen Hui, born in 1959 in Hefei of Anhui Province. Now he is the professor of the Academy of Arts & Design of Tsinghua University and member of China Artists Association.

Chen Hui, né à Hefei en Anhui en 1959. Il est professeur du Département de l'Art de l'Université de Tsinghua et membre de l'Association des Artistes Chinois.

–

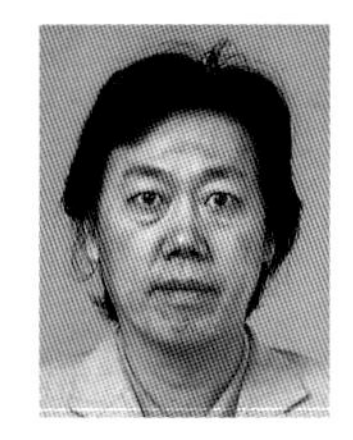

丁杰，1958年生于江苏南通，现为中国美术家协会理事、中国美术家协会艺委会办公室常务副主任。

Ding Jie, born in Nantong of Jiangsu Province in 1958. Now he is the director of China Artists Association. He is also the permenent deputy director of the Art Commission Office of China Artists Association.

Ding Jie, né à Nantong en Jiangsu en 1958. Il est membre du conseil de l'Association des Artistes Chinois et vice-directeur permanent du Bureau de la Commission artistique de l'Association des Artistes Chinois.

–

董小明，1948年生于中国香港，中国美术家协会理事、中国美术家协会艺术委员会委员、深圳文联主席、深圳画院院长。

Dong Xiaoming, born in Hong Kong of China in 1948. Now he is the director of China Artists Association, member of Art Committee, president of Shenzhen Federation of Literary and Art Circles, and the president of Shenzhen Academy of Fine Arts.

Dong Xiaoming, né à Hong Kong en Chine en 1948. Il est membre du conseil de l'Association des Artistes Chinois, membre de la Commission de l'Art, Président de la Fédération des Milieux léttéraires et artistiques de Shenzhen, et Directeur de la Galerie d'Art de Shenzhen.

–

范扬，1955年生于中国香港，中国美术家协会会员、中国国家画院山水画研究室主任。

Fan Yang, born in Hong Kong of China in 1955. Now he is a member of China Artists Association and director of Landscape Painting Researching Office in China National Fine Arts Academy.

Fan Yang, né à Hong Kong en Chine en 1955. Il est membre de l'Association des Artistes Chinois et Directeur du Studio de la Peinture de Paysage de la Galerie d'Art nationale de Chine.

–

方向，1967年生于广东汕头，毕业于广州美术学院国画系，现为中国美术家协会会员、广东省美术家协会理事、广东画院画家。

Fang Xiang, born in Shantou of Guangdong Province in 1967 and graduated from Chinese Painting Department of Guangzhou Academy of Fine Arts. Now he is a member of China Artists Association, director of Guangdong Artists Association and an artist in Guangdong Fine Arts Academy.

Fang Xiang, né à Shantou en Provicne de Guangdong en 1967. Il a fini ses études an département de la Peinture traditionnelle chinoise de l'Académie de l'Art de Guangzhou. Il est membre de l'Association des Artistes Chinois, membre du conseil de l'Association des Artistes de Guangdong et peintre à la Galerie d'Art de Guangdong.

–

方正，1973年生于湖北，毕业于湖北美术学院国画系，现为武汉大学艺术学系讲师。

Fang Zheng, born in Hubei in 1973 and graduated from Chinese Painting Department of Hubei Academy of Fine Arts. Now he is the professor of the Art Department of Wuhan University.

Fang Zheng, né en Hubei en 1973. Il est diplomé du département de la Peinture traditionnelle chinoise à l'Académie de l'Art de Hubei. Il est professeur du Département de l'Art de l'Université de Wuhan.

–

冯远，1952年生于上海，1980年毕业于中国美术学院研究生班，现任中国文学艺术界联合会副主席、中国美术家协会副主席、清华大学美术学院名誉院长。

Feng Yuan, born in Shanghai in 1952 and graduated from China Academy of Fine Arts in 1980. Now he is the vice-president of China Federation of Literary and Art Circles, the vice-president of China Artists Association and the honorary president of the Academy of Arts & Design of Tsinghua University.

Feng Yuan, né à Shanghai en 1952. Il est diplomé de l'Académie des Beaux-Arts de Chine en 1980. Il est Vice-Président de la Fédération des Milieux littéraires et artistiques de la Chine, Vice-Président de l'Association des Artistes Chinois et Directeur honaraire du Département de l'Art de l'Université de Tsinghua.

–

高云，1956年生于江苏南京，现任江苏省美术馆馆长、南京师范大学美术学院艺术硕士研究生导师、南京艺术学院客座教授、中国美术家协会理事、江苏省美术家协会副主席。

Gao Yun, born in Nanjing of Jiangsu Province in 1956. Now he is the president of Jiangsu Provincial Art Gallery, MFA advisor of the Fine Arts department of Nanjing Normal University, the visiting professor of Nanjing Institute of Arts, director of China Artists Association, vice-president of Jiangsu Artists Association.

Gao Yun, né à Nanjing en Province de Jiangsu en 1956. Il est Directeur de la Galerie d'Art de Jiangsu, Maître des masters du Département de l'Art de l'Ecole normale supérieure de Nanjing, Professeur invité de l'Académie de l'Art de Nanjing, membre du conseil de l'Association des Artistes Chinois, Vice-Président de l'Association des Artistes de Jiangsu.

–

何加林，1961年生于浙江，毕业于中国美术学院中国画系，现为中国美术学院讲师、中国美术家协会会员。

He Jialin, born in Zhejiang Province in 1961 and graduated from Chinese Painting Department of China Academy of Art. He is the professor of China Academy of Art and member of China Artists Association.

He Jialin, né en Zhejiang en 1961. Il est diplomé du département de la Peinture traditionnelle chinoise de l'Académie de l'Art de Chine. Il est professeur de l'Académie de l'Art de Chine, membre de l'Association des Artistes Chinois.

–

何家英， 1957年生于天津，现为中国美术家协会副主席、天津美术家协会副主席、天津画院院长。

He Jiaying, born in Tianjin in 1957. Now he is the vice-president of China Artists Association and Tianjin Artists Association, as well as the president of Tianjin Painting Academy.

He Jiaying, né à Tianjin en 1957. Il est Vice-Président de l'Association des Artistes Chinois, Vice-Président de l'Association des Artistes de Tianjin et Directeur de la Galerie d'Art de Tianjin.

–

胡朝水， 1973年生于山东，山东省美术家协会会员。

Hu Chaoshui, born in Shandong in 1973. Now he is a member of Shandong Artists Association.

Hu Chaoshui, né en Province de Shandong en 1973. Il est membre de l'Association des Artistes de Shandong.

–

胡明哲， 1953年生于北京，毕业于中央美术学院国画系，现为中国美术家协会会员、中央美术学院副教授。

Hu Mingzhe, born in Beijing in 1953 and graduated from Chinese Painting Department of Central Academy of Fine Arts. Now she is a member of China Artists Association, vice-professor of Central Academy of Fine Arts.

Hu Mingzhe, née à Beijing en 1953. Elle est diplomée du département de la Peinture traditionnelle chinoise de l'Académie Centrale des Beaux-Arts. Elle est membre de l'Association des Artistes Chinois et vice-professeur de l'Académie Centrale des Beaux-Arts.

–

胡伟， 1957年生于山东济南，毕业于中央美术学院国画系，现为中国美术家协会会员、中央美术学院中国画学院教授。

Hu Wei, born in Jinan of Shandong Province in 1957 and graduated from the Chinese Painting Department of Central Academy of Fine Arts. Now he is a member of China Artists Association and the professor in Chinese Painting Department of Central Academy of Fine Arts.

Hu Wei, né à Jinan en Shandong en 1957. Il est diplomé du département de la Peinture traditionnelle chinoise de l'Académie Centrale des Beaux-Arts. Il est membre de l'Association des Artistes Chinois et professeur du Département de la Peinture traditionnelle chinoise de l'Académie Centrale des Beaux-Arts.

–

姜宝林，1942年生于山东蓬莱，现为杭州画院院长、中国艺术研究院博士生导师。

Jiang Baolin, born in Penglai of Shandong Province in 1942. Now he is president of Hangzhou Academy of Painting, and the doctor student advisor of China National Academy of Art.

Jiang Baolin, né à Penglai en Shandong en 1942. Il est Directeur de la Galerie d'Art de Hangzhou et Maître des Docteurs de l'Institut de l'Art de la Chine.

–

孔紫，1952年生于河北唐山，现为中国国家画院画家、中国美术家协会理事。

Kong Zi, born in Tangshan of Hebei Province in 1952. Now she is the artist in China National Fine Arts Academy and director of China Artists Association.

Kong Zi, née à Tangshan en Hebei en 1952. Elle est peintre de la Galerie d'Art nationale de la Chine et membre du conseil de l'Association des Artistes Chinois.

–

李爱国，1958年生于辽宁省沈阳市，毕业于鲁迅美术学院，现为北京大学艺术学院教授。

Li Aiguo, born in Shenyang of Liaoning Province in 1958 and graduated from Lu Xun Art Academy. Now he is the professor of department of Art of Peking University.

Li Aiguo, né à Shenyang en Liaoning en 1958. Il est diplomé de l'Académie de l'Art de Luxun. Il est professeur du Département de l'Art de l'Université de Pékin.

–

林容生，1958年生于福建福州，毕业于福建师范大学美术系，现为中国国家画院专职画家、中国美术家协会会员。

Lin Rongsheng, born in Fuzhou of Fujian Province in 1958 and graduated from the Art Department of Fujian Normal University. He is a full-time artist in China National Fine Arts Academy and the member of China Artists Association.

Lin Rongsheng, né à Fuzhou en Fujian en 1958. Il est diplomé du département de l'Art de l'Ecole normale supérieure de Fujian. Il est peintre professionnel de la Galerie d'Art nationale de la Chine.

–

刘大为，1945年生于山东，现任中国文联副主席、中国美术家协会主席、联合国教科文组织国际造型艺术家协会主席。

Liu Dawei, born in Shangdong Province in 1945. Now he is the director and professor of the Art Department of PLA Art College, the vice-president of China Federation of Literary and Art Circles, Chairman of China Artists Association and the president of International Association of Art (IAA) of United Nations Educational, Scientific and Cultural Organization (UNESCO).

Liu Dawei, né en Province de Shandong en 1945. Il est Vice-Président de la Fédération des Milieux littéraires et artistiques de Chine, Président de l'Association des Artistes Chinois, Président de l'Association Internationale de l'Art plastique de l'Organisation des Nations unies pour l'Education, la Science et la Culture.

–

卢禹舜，1962年生于黑龙江省哈尔滨市，毕业于哈尔滨师范大学美术系，现为中国国家画院副院长、中国美术家协会会员。

Lu Yushun, born in Harbin of Heilongjiang Province in 1962 and graduated from the Art Department of Harbin Normal University. He is the vice president of China National Fine Arts Academy and the member of China Artists Association.

Lu Yushun, né à Haerbin en Heilongjiang en 1962. Il est diplomé du département de l'Art de l'Ecole normale supérieure de Haerbin. Il est vice-directeur de la Galerie d'Art nationale de la Chine et membre de l'Association des Artistes Chinois.

–

田黎明，1955年生于北京，毕业于中央美术学院，现为中国国家画院副院长、中国美术家协会会员。

Tian Liming, born in Beijing in 1955 and graduated from the Central Academy of Fine Art. Now he is the member of China Artists Assciation, and the vice-directeur of National Fine Arts Gallery.

Tian Liming, né à Beijing en 1955. Il est diplomé de l'Académie Centrale des Beaux-Arts. Il est membre de l'Association des Artistes Chinois et vice-directeur de la Gallerie Nationale des Beaux-Arts.

–

田林海，1948年生于浙江永康，毕业于浙江美术学院附中，现为山东美术出版社编辑室主任。

Tian Linhai, born in Yongkang of Zhejiang Province in 1948 and graduated from the middle school attached to Zhejian Art Academy. Now he is the director of the editorial office of Shangdong Fine Arts Publishing House.

Tian Linhai, né à Yongkang en Zhejiang en 1948. Il est diplomé du Lycée de l'Académie de l'Art de Zhejiang. Il est Directeur du Bureau de Rédaction de la Maison d'Edition de l'Art de Shandong.

–

王冠军，1976年生于黑龙江，毕业于中央美术学院国画系，现为北京画院画家、中国美术家协会会员。

Wang Guanjun, born in Heilongjiang Province in 1976 and graduated from Chinese Painting Department of Central Academy of Fine Arts. Now he is an artist in Beijing Fine Arts Academy and member of China Artists Association.

Wang Guanjun, né en Heilongjiang en 1976. Il est diplomé du département de la Peinture traditionnelle chinoise à l'Académie Centrale des Beaux-Arts. Il est peintre de la Galerie d'Art de Beijing et membre de l'Association des Artistes Chinois.

–

王美芳，1949年生于北京，曾为天津工艺美术学院教授。

Wang Meifang, born in Beijing in 1949, she was a professor of Tianjin Vocational College of Arts and Crafts.

Wang Meifang, née à Beijing en 1949. Elle a été professeur de l'Académie de l'Art artisanal de Tianjin.

王明明，1952年生于北京，现为中国美术家协会副主席、北京画院院长、北京市文化局副局长。

Wang Mingming, born in Beijing in 1952. Now he is the president of Beijing Fine Arts Academy, deputy director of Beijing Municipal Bureau of Culture, vice-president of China Artists Association.

Wang Mingming, né à Beijing en 1952. Il est Directeur de la Galerie d'Art de Beijing, Directeur adjoint du Bureau de la Culture de Beijing, Vice-Président de l'Association des Artistes Chinois.

–

王鹏，1981年生于河北秦皇岛，毕业于南开大学国画系，现为北京师范大学艺术与传媒学院教师。

Wang Peng, born in Qinhuangdao of Hebei Province in 1981 and graduated from Chinese Painting Department of Nankai University. Now he is the professor in the College of Art and Media of Beijing Normal University.

Wang Peng, né à Qinhuangdao en Heibei en 1981. Il est diplomé du département de la Peinture traditionnelle chinoise à l'Université de Nankai. Il est professeur du Département de l'Art et du Média de l'Ecole normale supérieure de Beijing.

–

王仁华，1952年生于安徽合肥，现为职业画家、中国美术家协会会员。

Wang Renhua, born in Hefei of Anhui Province in 1952. Now she is professional artist, member of China Artists Association with a professional title of National First-class Artist.

Wang Renhua, née à Hefei en Province d'Anhui en 1952. Elle est peintre professionel, membre de l'Association des Artistes Chinois.

–

王颖生，1963年生于河南沈丘，毕业于中央美术学院国画系，现为中国美术家协会会员、中央美术学院壁画系副主任和副教授。

Wang Yingsheng, born in Shenqiu of Henan Province in 1963 and graduated from Chinese Painting Department of Central Academy of Fine Arts. Now he is a member of China Artists Association, the vice-director, and professor of Wall Painting Department of Central Academy of Fine Arts.

Wang Yingsheng, né à Shenqiu en Province de Henan en 1963. Il est diplomé du département de la Peinture traditionnelle chinoise de l'Académie Centrale des Beaux-Arts. Il est membre de l'Association des Artistes Chinois, vice-directeur, professeur du département de fresque de l'Académie Centrale des Beaux-Arts.

–

吴长江，1954年生于天津汉沽，1982年毕业于中央美术学院版画系，现为中国美术家协会常务副主席、中央美术学院教授。

Wu Changjiang, born in Hangu of Tianjin in 1954 and graduated from the Printmaking Department of Central Academy of Fine Arts in 1982. Now he is the executive vice-chairman of China Artists Association and the professor of Central Academy of Fine Arts.

Wu Changjiang, né à Hangu à Tianjin en 1954. Il est diplomé du département de gravure à l'Académie Centrale des Beaux-Arts en 1982. Il est Vice-Président permanant de l'Association des Artistes Chinois et professeur de l'Académie Centrale des Beaux-Arts.

–

谢振瓯，1944年生于浙江，现为中国美术家协会会员、福州市文联副主席。

Xie Zhen'ou, born in Zhejiang Province in 1944, now he is the member of Chinese Artists Assocation and the vice-president of Fujian Federation of Literary and Art Circle.

Xie Zhen'ou, né en Province de Zhejiang en 1944. Il est membre de l'Association des Artistes Chinois et Vice-Président de la Fédération des Milieux littéraires et artistiques de Fuzhou.

–

袁武，1959年生于吉林省吉林市，毕业于中央美术学院国画系，现任解放军艺术学院美术系副主任和教授、中国美术家协会理事。

Yuan Wu, born in Jilin of Jilin Province in 1959 and graduated from Chinese Painting Department of Central Academy of Fine Arts. Now he is the vice-director and professor of the Art Department of PLA Art College and the director of China Artists Association.

Yuan Wu, né à Jilin en Jilin en 1959. Il est diplomé du département de la Peinture traditionnelle chinoise de l'Académie Centrale des Beaux-Arts. Il est vice-directeur et professeur de la Faculté de l'Art de l'Académie de l'Art de l'Armée populaire de Libération, membre du conseil de l'Association des Artistes Chinois.

–

张捷，1963年生于浙江省台州市，现为中国美术学院中国画系教授、中国美术家协会会员。

Zhang Jie, born in Taizhou of Zhejiang Province in 1963. Now he is the professor of Chinese Painting Department of China Academy of Art and member of China Artists Association.

Zhang Jie, né à Taizhou en Zhejiang en 1963. Il est professeur du département de la Peinture traditionnelle chinoise de l'Académie de l'Art de la Chine et membre de l'Association des Artistes Chinois.

–

赵国经，1950年生于河北景县，现为天津画院副院长。

Zhao Guojing, born in Jingxian of Hebei Province in 1950, now he is the vice-president of Tianjin Academy of Fine Arts.

Zhao Guojing, né à Jingxian en Hebei en 1950. Il est vice-directeur de la Galerie d'Art de Tianjin.

–

赵雨灏，1975年生于天津，2001年毕业于天津美术学院并获硕士学位，现任教于青岛大学美术学院。

Zhao Yuhao, born in Tianjin in 1975, graduated with a master's degree from Tianjin Academy of Fine Arts. Now she is professor at the Academy of Fine Arts of Qingdao University.

Zhao Yuhao, née à Tianjin en 1975. Elle est diplomée de master à l'Académie de l'Art de Tianjin en 2001. Elle est professeur du Département de l'Art de l'Université de Qingdao.

–

郑百重，1945年9月13日生于福州，现为美国加州大学、闽江学院客座教授。

Zheng Baizhong, born in Fuzhou on September 13th, 1945. Now he is a visiting professor of California University and Minjiang College.

Zheng Baizhong, né à Fuzhou le 13 septembre, 1945. Il est professeur invité de l'Université de Californie et de l'Académie de Minjiang.

–

庄道静，1963年生于江苏省镇江市，毕业于南京师范大学美术学院中国画专业，现为中国美术家协会会员。

Zhuang Daojing, born in Zhenjiang of Jiangsu Province in 1963 in and graduated from Chinese painting department of the Academy of Fine Arts in Nanjing Normal University. Now she is a member of China Artists Association.

Zhuang Daojing, née à Zhenjiang en Jiangsu en 1963. Elle est diplomée du département de la Peinture traditionnelle chinoise du Département de l'Art de l'école normale supérieure de Nanjing. Elle est membre de l'Association des Artistes Chinois.

朝戈，1957年生于内蒙古自治区呼和浩特市，毕业于中央美术学院油画系，现为中央美术学院油画系教授。

Chao Ge, born in Hohhot of Inner Mongolia in 1957 and graduated from the Oil Painting Department of Central Academy of Fine Arts. Now he serves as a professor in the Oil Painting Department of Central Academy of Fine Arts.

Chao Ge, né à Hohhot dans la région automne de la Mongolie intérieure en 1957. Il est diplomé du département de la Peinture à l'Huile de l'Académie Centrale des Beaux-Arts. Il est professeur de le Faculté de la Peinture à l'Huile de l'Académie Centrale des Beaux-Arts.

–

丁方，1956年生，陕西武功人，职业画家，现为南京大学艺术学院教授。

Ding Fang, born in Wugong of Shaanxi Province in 1956. Now he is a professional artist. He served as a professor in the Art Department of Nanjing Arts Institute.

Ding Fang, né à Wugong en Shanxi en 1956. Il est peintre professionnel. Il était professeur de la Faculté de l'Art de l'Académie de l'Art de Nanjing.

–

杜海军，1978年生于江苏宜兴，毕业于中国美术学院油画系，现为职业画家。

Du Haijun, born in Yixing of Jiangsu Province in 1978 and graduated from the Oil Painting Department of Central Academy of Fine Arts. Now he is a professional artist.

Du Haijun, né à Yixing en Jiangsu en 1978. Il est diplomé du département de la Peinture à l'Huile de l'Académie Centrale des Beaux-Arts. Il est peintre professionnel.

–

段江华，1963年生，现为湖南省美术家协会常务理事、湖南省美术家协会油画艺术委员会主任。

Duan Jianghua, born in 1963. Now he is executive director of Hunan Artists Association and the director of Oil Painting Art Commission of Hunan Artists Association.

Duan Jianghua, né en 1963. Il est Directeur de la Commission artistique de la Peinture à l'Huile et membre du conseille permanent de l'Association des Artistes de Hunan.

高鹏，1980年生于山东省青岛市，毕业于中央美术学院油画系，现为中央美术学院附中教师。

Gao Peng, born in Qingdao of Shandong Province in 1980 and graduated from the Oil Painting Department of Central Academy of Fine Arts. Now he is a teacher at the middle school attached to the Central Academy of Fine Arts.

Gao Peng, né à Qingdao en Shandong en 1980. Il est diplomé du département de la Peinture à l'Huile de l'Académie Centrale des Beaux-Arts. Il est professeur du Lycée de l'Académie Centrale des Beaux-Arts.

–

郭华，1969年生于河南林州，毕业于河南师范大学美术系，现为河南省美术家协会会员、河南青年美术家协会会员、安阳市美术家协会理事。

Guo Hua, born in Linzhou of Henan Province in 1969 and graduated from Henan Normal University. Now he is the member of Henan Artists Association and Henan Young Artists Association as well as the director of Anyang Artists Association.

Guo Hua, né à Linzhou en Henan en 1969. Il est diplomé du département de l'Ecole normale supérieure de Henan. Il est membre de l'Association des Artistes de Henan et de l'Association des Artistes jeunes de Henan, et membre du conseil de l'Association des Artistes d'Anyang.

–

金敏，1973年生于内蒙古，毕业于中央美术学院，现任教于呼伦贝尔学院美术学院。

Jin Min, born in Ergun of Inner Mongoila in 1973 and graduated from the Central Academy of Art. Now she teaches at the School of Arts of Hulunbeier University.

Jin Min, née en Mongolie intérieure en 1973. Elle est professeur du Département de l'Art de l'Académie de l'Art de Hulunbeier.

–

刘大明，1961年生于吉林长春，现为中国美术家协会会员、吉林艺术学院美术学院油画系主任和教授。

Liu Daming, born in Cangchun of Jilin Province in 1961, is the director and professor of the School of Ars of Jilin College of the Art, as well as the member of China Artists Association.

Liu Daming, né à Changchun en Jilin en 1961. Il est membre de l'Association des Artistes Chinois,

Directeur et professeur de la Faculté de la Peinture à l'Huile du Département de l'Art de l'Académie de l'Art de Jilin.

—

陆亮，1975年生于上海，毕业于中央美术学院壁画系，现为中央美术学院造型基础部讲师。

Lu Liang, born in Shanghai in 1975 and graduated from the Wall Painting Department of Central Academy of Fine Arts. Now he is professor in the moulding base department of Central Academy of Fine Arts.

Lu Liang, né à Shanghai en 1975. Il est diplomé du département de fresque de l'Académie Centrale des Beaux-Arts. Il est professeur du Département de la Base plastique de l'Académie Centrale des Beaux-Arts.

—

孟新宇，1974年生于河南虞城，毕业于河南大学艺术学院，现为美术编辑。

Meng Xinyu, born in Yucheng of Henan Province in 1974 and graduated from Art College of Henan University. Now he is an art editor.

Meng Xinyu, né à Yucheng en Henan en 1974. Il a fini ses études au Département de l'Art de l'Université de Henan. Il est rédacteur d'art.

—

任传文，1963 年生于江西丰城，毕业于中央美术学院，现为中国美术家协会会员、吉林艺术学院油画系教授。

Ren Chuanwen, born in Fengcheng of Jiangxi Province in 1963, graduated from the Central Academy of Fine Arts and now is the professor of Jilin College of the Art and member of China Artists Association.

Ren Chuanwen, né à Fengcheng en Jiangxi en 1963. Il est diplomé de l'Académie Centrale des Beaux-Arts. Il est membre de l'Association des Artistes Chinois et professeur de la Faculté de la Peinture à l'Huile de l'Académie de l'Art de Jilin.

—

谭立群，1979年生于北京，毕业于中央美术学院壁画系，现为教师、画家、编辑。

Tan Liqun, born in Beijing in 1979 and graduated from the wall painting department of Central Academy of Fine Arts. Now she is teacher, editor and painter.

Tan Liqun, née à Beijing en mai en 1979. Elle est diplomée du département de fresque de l'Académie Centrale des Beaux-Arts. Elle est enseignante et peintre.

–

唐承华，1964年生于福建，毕业于福建师范大学美术系油画专业，现为中央美术学院版画系讲师。

Tang Chenghua, born in Fujian in 1964 and graduated from the major of oil painting of Fujian Normal University. Now he is a lecturer in Central Academy of Fine Arts.

Tang Chenghua, né à Fujian en 1964. Il est diplomé du département de la Peinture à l'Huile du Département de l'Art de l'Ecole normale supérieure de Fujian. Il est professeur du département de gravure de l'Académie Centrale des Beaux-Arts.

–

汪鹏飞，1975年生于安徽，毕业于中央美术学院油画系，现为职业画家。

Wang Pengfei, born in Anhui in 1975 and graduated from the Oil Painting Department of Central Academy of Fine Arts. Now he is a professional artist.

Wang Pengfei, né en Anhui en 1975. Il est diplomé du département de la Peinture à l'Huile de l'Académie Centrale des Beaux-Arts. Il est peintre professionnel.

–

王克举，1956年生于山东青岛，毕业于中央美术学院，现为中国美术家协会会员、中国人民大学徐悲鸿艺术学院教授。

Wang Keju, born in Qingdao of Shandong Province in 1956 and graduated from the Central Academy of Fine Arts. Now he is professor of the School of Arts in Renmin University of China as well as a member of China Artists Association.

Wang Keju, né à Qingdqo en Shandong en 1956. Il est diplomé de l'Académie Centrale des Beaux-Arts. Il est membre de l'Association des Artistes Chinois et professeur du Département de l'Art de Xu Beihong de l'Université du Peuple de Chine.

–

谢东明，1956年生于北京，毕业于中央美术学院油画系，现为中央美术学院油画系主任和教授，中国美术家协会会员。

Xie Dongming, born in Beijing in 1956 and graduated from the Oil Painting Department of Central Academy of Fine Arts. Now he is professor and dean of oil painting apartment in Central Academy of Fine Arts and the member of China Artists Association.

Xie Dongming, né à Beijing en 1956. Il est diplomé du département de la Peinture à l'Huile de l'Académie Centrale des Beaux-Arts. Il est professeur et directeur de la Faculté de la Peinture à l'Huile de l'Académie Centrale des Beaux-Arts et membre de l'Association des Artistes Chinois.

–

忻东旺，1963年生于河北张家口，2003年结业于中央美术学院油画系首届高研班，现为清华大学美术学院绘画系副教授。

Xin Dongwang, born in Zhangjiakou of Hebei Province in 1963 and graduated from the first senior seminar of the Oil Painting Department of Central Academy of Fine Arts. Now he is vice-professor in the Painting Department of the Academy of Arts & Design of Tsinghua University.

Xin Dongwang, né à Zhangjiakou en Hebei en 1963. Il est diplomé au classe de la recherche supérieure première de la Faculté de la Peinture à l'Huile de l'Académie Centrale des Beaux-Arts. Il est vice-professeur de la Faculté de la Peinture du Département de l'Art de l'Université de Tsinghua.

–

徐唯辛，1958年生于乌鲁木齐，现任中国人民大学徐悲鸿艺术学院副院长和教授、中国油画学会理事。

Xu Weixin, born in Urumqi in 1958, now is the professor and vice-president of the School of Arts, Renmin University of China, and the director of China Oil Painting Academy.

Xu Weixin, né à Urumqi en 1958. Il est vice-directeur et professeur du Département de l'Art de l'Université populaire de la Chine, et membre du conseille de l'Association de la Peinture à l'Huile de la Chine.

–

徐晓燕，1960年生于河北省承德市，毕业于河北师范大学美术系，现为职业画家。

Xu Xiaoyan, born in Chengdu of, Heibei Province in 1960, graduated from the Art Department of Hebei Normal University and now is an artist.

Xu Xiaoyan, née à Chengde en Hebei en 1960. Elle est diplomée du département de l'Art de l'Ecole normale supérieure de Heibei. Elle est peintre professionnelle.

–

闫平，1956年生于山东济南，现任中国美术家协会理事、中国人民大学徐悲鸿艺术学院教授。

Yan Ping, born in Jinan of Shandong Province in 1956, now she is a professor of art college in Renmin University of China, director of China Artists Association.

Yan Ping, née à Jinan en Shandong en 1956. Elle est membre du conseil de l'Association des Artistes Chinois et professeur de la art academie de l'Université du Peuple de Chine.

–

杨飞云，1954年生于内蒙古包头市郊区，现为中国美术家协会会员、中国艺术研究院中国油画院院长。

Yang Feiyun, born in the suburb of Baotou, Inner Mongolia in 1954. Now he is member of China Artists Association and president of Chinese Oil Painting College of China Natinal Academy of Arts.

Yang Feiyun, né au banlieue de Baotou en Mongolie intérieure en 1954. Il est membre de l'Association des Artistes Chinois et Directeur de la Galerie d'Art de la Peinture chinoise à l'Huile de l'Académie national de l'Art de la Chine.

–

杨海峰，1977年生于河南，现任教于河南大学艺术学院。

Yang Haifeng, born in Henan in 1977, now teaches at the Art College of Henan University.

Yang Haifeng, né en Henan en 1977. Il est professeur du Département de l'Art de l'Université de Henan.

–

俞晓夫，1950 年生于上海，毕业于上海戏剧学院美术系，现为上海大学美术学院教授、上海油画雕塑院副院长。

Yu Xiaofu, born in Shanghai in 1950 and graduated from the Art Department of Shanghai Theatre Academy. Now he is a professor in the School of Arts of Shanghai University and the vice-president of Shanghai Oil Painting & Sculpture Institute.

Yu Xiaofu, né à Shanghai en 1950. Il est diplomé du département de l'Art de l'Académie de Théâtre de Shanghai. Il est professeur du Département de l'Art de l'Université de Shanghai et Vice-Président de l'Académie de la Peinture à l'Huile et de la Sculpture de Shanghai.

–

喻红，1966年出于北京，毕业于中央美术学院油画系，现任教于中央美术学院油画系。

Yu Hong, born in Beijing in 1966 and graduated from the Oil Painting Department of Central Academy of Fine Arts. Now she teaches at the Oil Painting Department of Central Academy of Fine Arts.

Yu Hong, née à Beijing en 1966. Elle est diplomée du département de la Peinture à l'Huile de l'Académie Centrale des Beaux-Arts et elle est professeur du département de la Peinture à l'Huile de l'Académie Centrale des Beaux-Arts.

–

赵开坤，1954年生于河南省濮阳市，现为吉林艺术学院教授、中国美术家协会会员。

Zhao Kaikun, born in Puyang of Henan Province in 1954, now serves as a professor in Jilin College of Arts. He is a member of China Artists Association.

Zhao Kaikun, né à Puyang en Henan en 1954. Il est professeur de l'Académie de l'Art de Jilin et membre de l'Association des Artistes de la.

阿鸽，1948年生于四川凉山，毕业于四川美术学院，现为四川省美术家协会主席、中国美术家协会版画艺术委员会副主任。

A Ge, born in Liangshan of Sichuan Province in 1948 and graduated from the Sichuan Academy of Fine Arts. Now she is the chairman of Sichuan Artists Association and deputy director of the Printmaking Art Commission of China Artists Association.

A Ge, née à Liangshan en Séchuan en 1948. Elle a fini ses études à l'Académie de l'Art de Séchuan. Elle est Président de l'Association des Artistes de Séchuan et Directeur adjoint du Comité artistique de l'Estampe de l'Association des Artistes Chinois.

–

晁楣，1931年生于山东，现任黑龙江省版画院院长、中国美术家协会理事、中国版画家协会副主席。

Chao Mei, born in Shandong Province in 1931, now is the president of Heilongjiang Printmaking Academy, director of China Artists Association and the vice-president of China Printmakers Association.

Chao Mei, né en Shandong en 1931. Il est Président de l'Académie de l'Estampe de Heilongjiang, membre du conseil de l'Association des Artistes Chinois et Vice-Président de l'Association des Peintres d'Estampe de la Chine.

–

陈九如，1955年生于天津，现为中国美术家协会会员、天津美术学院造型学院院长、教授。

Chen Jiuru, born in Tianjin in 1955, now he is a member of China Artists Association and president and professor of the School of Plastic Art in Tianjin Academy of Fine Arts.

Chen Jiuru, né en Tianjin en 1955, est membre de l'Association des Artistes Chinois et Directeur, professeur du Département de la Plastique de l'Académie de l'Art de Tianjin.

–

陈琦，1963年生于南京，毕业于南京艺术学院，博士，现为中央美术学院教授、中国美术家协会会员。

Chen Qi, born in Nanjing in 1963. He graduated from Nanjing Arts Institute as doctor. Now he is a professor of the Central Academy of Fine Arts and a member of the China Artists Association.

Chen Qi, né en Nanjing en 1963. Il est docteur de l'Académie de l'Art de Nanjing. Il est professeur de l'Académie Centrale des Beaux-Arts et membre de l'Association des Artistes Chinois.

–

戴政生，1954年生于四川省渠县，现为西南大学美术学院教授、重庆市美术家协会副主席。

Dai Zhengsheng, born in Quxian County of Sichuan Province in 1954. Now he is a professor of College of Fine Arts of Southwest University and the vice chairman of Chongqing Artists Association.

Dai Zhengsheng, né à la District de Qu en Séchuan en 1954. Il est professeur au Département de l'Art à l'Université de Sud-ouest et Vice-Président de l'Association des Artistes de Chongqing.

–

董克俊，1939年生于重庆，曾任贵阳书画院院长、贵州省文联副主席、贵州省美术家协会副主席。

Dong Kejun, born in Chongqing in 1939.He was the dean of Guiyang Painting and Calligraphy Academy, vice-chairman of Guizhou Federation of Literary and Art Circles, vice chairman of Guizhou Artists Association.

Dong Kejun, né à Chongqing en 1939. Il est Directeur de la Galerie d'Art de Guiyang, Vice-Président de la Fédération des Milieux littéraires et artistiques de Guizhou et Vice-Président de l'Association des Artistes de Guizhou.

–

高荣生，1952年生于北京，毕业于中央美术学院版画系，现为中央美术学院版画系教授。

Gao Rongsheng, born in Beijing in 1952 and graduated from Printmaking Department of Central Academy of Fine Arts. Now he is a professor of Printmaking Department of Central Academy of Fine Arts.

Gao Rongsheng, né à Beijing en 1952. Il est diplomé du département de l'Estampe de l'Académie Centrale des Beaux-Arts. Il est professeur de celle-ci.

–

广军，1939年生于辽宁沈阳，毕业于中央美术学院版画系，现为该系教授和博士生导师、中国美术家协会版画艺术委员会主任。

Guang Jun, born in Shenyang of Liaoning in 1939 and graduated from the Printmaking Department of

Central Academy of Fine Arts. Now he is the professor and PhD supervisor of the Printmaking Department and the director of the Printmaking Arts Committee of the China Artists Association.

Guang Jun, né à Shenyang en Liaoning en 1939. Il est diplomé du département de l'Estampe de l'Académie Centrale des Beaux-Arts. Il est professeur et Maître des Docteurs de celle-ci et Directeur du Comité artistique de l'Estampe de l'Association des Artistes Chinois.

–

贺焜，1962年生于云南省普洱市，现为中国美术家协会会员、云南省美术家协会副主席。

He Kun, born in Pu'er of Yunnan Province in 1962. Now he is a member of China Artists Association and vice chairman of Yunnan Artists Association.

He Kun, né à Puer en Yunnan en 1962. Il est membre de l'Association des Artistes Chinois et Vice-Président de l'Association des Artistes de Yunnan.

–

黄丕谟，1925年生于上海，现为中国版画家协会常务理事、江苏省版画家协会副会长、江苏省美术家协会版画艺术委员会委员、南京市文联顾问、南京市美术家协会名誉主席。

Huang Pimo, born in Shanghai in 1925, is the executive director of China Printmakers Association, vice-president of Jiangsu Printmakers Association, member of the Printmaking Art Committee of Jiangsu Artists Association, councilman of Nanjing Federation of Literary and Art Circles, honorary president of Nanjing Artists Association.

Huang Pimo, né à Shanghai en 1925. Il est membre du conseil permanant de l'Association des Peintres d'Estampe de la Chine, Vice-Président de l'Association des Peintres d'Estampe de Jiangsu, membre du Comité artistique de l'Estampe de l'Association des Artistes de Jiangsu, councilman de la Fédération des Milieux littéraires et artistiques de Nanjing, Président honoraire de l'Association des Artistes de Nanjing.

–

康剑飞，1973年生于天津，毕业于中央美术学院版画系，现为中央美术学院讲师。

Kang Jianfei, born in Tianjin in 1973 and graduated from the Printmaking Department of Central Academy of Fine Arts. Now he is a lecturer in the Central Academy of Fine Arts.

Kang Jianfei, né à Tianjin en 1973. Il est diplomé du département de la Peinture à l'Huile de l'Académie

Centrale des Beaux-Arts. Il est enseignant de l'Académie Centrale des Beaux-Arts.

–

寇疆晖，1974年生，先后毕业于天津美术学院版画系、比利时康布雷国立高等视觉艺术大学研究生部，现任教于天津美术学院版画系。

Kou Jianghui, born in 1974 and graduated from Printmaking Department of Tianjin Academy of Fine Arts and then got further study from Graduate School of National Visual Arts University in Cambrai, Belgium, currently teaching at Printmaking Department of Tianjin Academy of Fine Arts.

Kou Jianghui, né en 1974. Il est diplomé du département de l'Estampe à l'Académie de l'Art de Tianjin et à la classe de master à l'Ecole nationale supérieure de l'Art visuel de Cambrai de la Belgique. Il est enseignant à la Faculté de l'Estampe à l'Académie de l'Art de Tianjin.

–

雷务武，1953年生于广西省南宁市，现为广西艺术学院美术学院院长和教授、广西美术家协会副主席。

Lei Wuwu, born in Nanning of Guangxi Province in 1953.Now he is a prexy and professor of College of Fine Arts of Guangxi Arts Institute, vice chairman of Guangxi Artists Association as well.

Lei Wuwu, né à Nanning en Guangxi en 1953. Il est Directeur et professeur du Département de l'Art de l'Académie de l'Art de Guangxi, et Vice-Président de l'Association des Artistes de Guangxi.

–

李焕民，1930年生于北京，曾为中国美术家协会副主席、中国文联委员、中国美术家协会顾问、中国版画家协会副主席、国家一级美术师。

Li Huanmin, born in Beijing in 1930, was the former vice-president of China Artists Association, director of China Federation of Literary and Art Circles, councilman of China Artists Association, vice-president of China Printmakers Association with a professional title of National First-class Artist.

Li Huanmin, né à Beijing en 1930. Il était Vice-Président et councilman de l'Association des Artistes Chinois, membre de la Fédération des Milieux littéraires et artistiques, Vice-Président de l'Association des Peintres d'Estampe de la Chine et artiste nationale de première classe.

–

李忠翔，1940年生于四川，毕业于云南艺术学院，历任云南画院副院长、中国美术家协会理事、云南美术家协会副主席。

Li Zhongxiang, born in Sichuan Province in 1940 and graduated from Yunnan Art College. He successively held the post of the vice-president of Yunnan Painting Academy, director of China Artists Association, and the vice-president of Yunnan Artists Association.

Li Zhongxiang, en Séchuan en 1940. Il a fini ses études à l'Académie de l'Art de Yunnan. Il était Directeur adjoint de la Galerie de Yunnan, membre du conseil de l'Association des Artistes Chinois et Vice-Président de l'Association des Artistes de Yunnan.

–

凌君武，1962年生于江苏，2000年毕业于中央美术学院版画系研究生班，现为苏州版画院院长、苏州美术馆副馆长。

Ling Junwu, born in Suzhou in 1962 and graduated from the postgraduate printmaking course of Central Academy of Fine Arts, president of the Suzhou Print Studio and associate-curator of Suzhou Museum.

Ling Junwu, né en Jiangsu en 1962. Il a obtenu le master de la Faculté de l'Estampe de l'Académie Centrale des Beaux-Arts en 2000. Il est Directeur de la Galerie de l'Estampe de Suzhou et Directeur adjoint de la Galerie de Suzhou.

–

刘建，1960年生于安徽，现为中国美术家协会理事、中国美术家协会办公室主任。

Liu Jian, born in Anhui Province in 1960, is a director of China Artists Association and office director of China Artists Association.

Liu Jian, né en Anhui en 1960. Il est membre du conseil et Directeur du Bureau de l'Association des Artistes Chinois.

–

罗贵荣，1962年生，现为宁夏美术家协会副主席。

Luo Guirong, born in 1962, and now he is the vice chairman of Ningxia Artists Association.

Luo Guirong, né en 1962. Il est Vice-Président de l'Association des Artistes de Ningxia.

史一，1939年生于上海，1965年毕业于浙江美术学院版画系，现为云南艺术学院教授。

Shi Yi, born in Shanghai in 1939. He graduated from Printmaking Department of Zhejiang Academy of Fine Arts. Now he is a professor of Yunnan Arts University.

Shi Yi, né à Shanghai en 1939. Il est diplomé du département de l'Estampe à l'Académie de l'Art de Zhejiang. Il est professeur de l'Académie de l'Art de Yunnan.

–

宋光智，1970年生于广东省，现为广州美术学院版画系副教授、系副主任。

Song Guangzhi, born in Guangdong Province in 1970, and now he is an vice-professor and vice dean of Printmaking Department of Guangzhou Academy of Fine Arts.

Song Guangzhi, né en Guangdong en 1970. Il est professeur adjoint et Directeur adjoint de la Faculté de l'Estampe de l'Académie de l'Art de Guangzhou.

–

宋源文，1933年生于辽宁，曾为中央美术学院教授和版画系主任、中国美术家协会版画艺委会主任。

Song Yuanwen, born in Liaoning Province in 1933. He was the former professor of China Central Academy of Fine Arts and ex-dean of Printmaking Department, the director of Printmaking Art Committee of China Artists Association.

Song Yuanwen, né en Liaoning en 1933. Il était Directeur de la Faculté de l'Estampe et professeur de l'Académie Centrale des Beaux-Arts, et Directeur du Comité artistique de l'Estampe de l'Association des Artistes Chinois.

–

孙廷卓，1939年生于河北省玉田县，现为天津美术学院教授。

Sun Tingzhuo, born in Yutian County of Hebei Province in 1939. Now he is a professor of Tianjin Academy of Fine Arts.

Sun Tingzhuo, né à Yutian en Hebei en 1939. Il est professeur de l'Académie de l'Art de Tianjin.

–

腾雨峰，1952年生于辽宁省凌源市，现任职于河北省承德市文联。

Teng Yufeng, born in Lingyuan of Liaoning Province in 1952, currently working at Chengde Federation of Literary and Art Circles of Hebei Province.

Teng Yufeng, né à Lingyuan en Liaoning en 1952. Il travaille à la Fédération des Milieux littéraires et artistiques de Chengde de Hebei.

–

万子亮，1962年生于南京，现为南京艺术学院传媒学院教师。

Wan Ziliang, born in Nanjing in 1962, currently teaching at Media College of Nanjing Arts Institute.

Wan Ziliang, né à Nanjing en 1962. Il est enseignant au Département du Média à l'Académie de l'Art de Nanjing.

–

王华祥，1962年生于贵州，毕业于中央美术学院版画系，现为中央美术学院版画系讲师。

Wang Huaxiang, born in Guizhou Province in 1962 and graduated from the Printmaking Department of Central Academy of Fine Arts. Now he is a lecturer in the Printmaking Department of Central Academy of Fine Arts.

Wang Huaxiang, né à Guizhou en 1962. Il est diplomé du département de l'Estampe de l'Académie Centrale des Beaux-Arts. Il est enseignant de la Faculté de l'Estampe de l'Académie Centrale des Beaux-Arts.

–

王惠亮，1972年生于哈尔滨，毕业于哈尔滨师范大学、中央美术学院，现为专职画家。

Wang Huiliang, born in Harbin in 1972 and graduated from Harbin Normal University and the Central Academy of Fine Arts. Now he is a professional artist.

Wang Huiliang, né à Haerbin en 1972. Il a fini ses études à l'école normale supérieure de Haerbin et de l'Académie Centrale des Beaux-Arts. Il est peintre professionnelle.

–

王劼音，1941年生，1966年毕业于上海美术专科学校，1986年在维也纳美术学院进修。现为上海大学美术学院教授。

Wang Jieyin, born in 1941. He graduated from the Shanghai Fine Arts College in 1966, and studied in the Academy of Fine Arts Vienna in 1986. Now he is a professor of the Fine Arts Academy of Shanghai University.

Wang Jieyin, né en 1941. Il a fini ses études au au Collège de l'Art de Shanghai en 1966et fait ses études à l'Académie de l'Art de Vienna en 1986. Il est professeur de l'Académie de l'Art de Shanghai.

–

王兰，1955年生于辽宁，毕业于解放军艺术学院，现为中国美术馆展览部主任。

Wang Lan, born in Liaoning Province in 1955 and graduated from PLA Art College. Now she is the director of the exhibition department of China Art Gallery.

Wang Lan, née à Liaoning en 1955. Elle a fini ses études à l'Académie de l'Art de l'Armée populaire de Libération. Elle est directrice du département de l'Exposition de la Galerie d'Art de la Chine.

–

王文明，1955年生于湖南省邹阳市，现为广州美术学院版画系教授。

Wang Wenming, born in Zouyang City of Hunan Province in 1955. Now he is a professor of Printmaking Department of Guangzhou Academy of Fine Arts.

Wang Wenming, né à Zouyang en Hunan en 1955. Il est professeur de la Faculté de l'Estampe de l'Académie de l'Art de Guangzhou.

–

韦嘉，1975年生于四川成都，毕业于中央美术学院版画系，现任教于四川美术学院版画系。

Wei Jia, born in Chengdu of Sichuan Province in 1975.He graduated from Printmaking Department of China Central Academy of Fine Arts, and he is teaching at Printmaking Department of Sichuan Fine Arts Institute.

Wei Jia, né à Chengdu en Séchuan en 1975. Il est diplomé du département de l'Estampe de l'Académie Centrale des Beaux-Arts. Il est enseignant à la Faculté de l'Estampe à l'Académie de l'Art de Séchuan.

魏启聪，1956年生于云南，结业于中央美术学院版画系，现为厦门集美大学艺术教育学院美术系副教授。

Wei Qicong, born in Yunan Province in 1956 and graduated from the Printmaking Department of Central Academy of Fine Arts. He is a vice-professor in the Art Department of the Arts & Education College of Jimei University, Xiamen.

Wei Qicong, né en Yunnan en 1956. Il est diplomé du département de l'Estampe de l'Académie Centrale des Beaux-Arts. Il est professeur adjoint de la Faculté de l'Art du Département de l'Education artistique de l'Université de Jimei de Xiamen.

–

伍必端，1926年生于江苏，曾在列宁格勒列宾美术学院进修，历任中央美术学院版画系主任和教授、中国美术家协会理事、中国版画家协会理事。

Wu Biduan, born in Jiangsu Province in 1926, had studied in Repin Academy of Fine Arts in Leningrad. He successively took the post of dean and professor in the Printmaking Department of Central Academy of Fine Arts and the director of China Artists Association, the director of China Printmakers Association.

Wu Biduan, né en Jiangsu en 1926. Il a fait ses étude à l'Académie de l'Art de Repin de Leningrad. Il était Directeur et professeur de la Faculté de l'Estampe de l'Académie Centrale des Beaux-Arts, membre du conseil de l'Association des Artistes Chinois, membre du conseil de l'Association des Peintres d'Estampe de la Chine.

–

徐匡，1938年生于湖南长沙，1958年毕业于中央美术学院附中，现为四川省美术家协会副主席。

Xu Kuang, born in Changsha of Hunan Province in 1938.He graduated from the High School of Fine Arts of C.A.F.A in 1985. Now He is the vice chairman of the Sichuan Artists Association.

Xu Kuang, né à Changsha en Hunan en 1938. Il a fini ses études au Lycée de l'Académie Centrale des Beaux-Arts en 1958. Il est Vice-Président de l'Association des Artistes de Séchuan.

–

许钦松，1952年于广东，毕业于广州美术学院版画系，现为中国美术家协会副主席、广东省文联副主席、广东画院院长、广东省美术家协会主席。

Xu Qinsong, born in Guangdong Province in 1952 and graduated from the Printmaking Department of Guangdong Academy of Fine Arts. Now he is the vice-president of China Artists Association and Guangdong Federation of Literary and Art Circle, the president of Guangdong Fine Arts Academy and Guangdong Artists Association.

Xu Qinsong, né en Guangdong en 1952. Il est diplomé du département de l'Estampe de l'Académie de l'Art de Guangzhou. Il est Vice-Président de l'Association des Artistes Chinois et de la Fédération des Milieux littéraires et artistiques de Guangdong, Directeur de la Galerie d'Art de Guangdong et Président de l'Association des Artistes de Guangdong.

–

彦涵，1916年生，毕业于延安鲁艺美术系，历任中国美术学院、中央美术学院、北京艺术学院教授，中国文联第四届委员、中国美术家协会第二届理事、第三届常务理事。

Yan Han, born in 1916 and graduated from the Art Department of Yan'an Lu Xun Arts College. He had successively served as the professor in China Art Academy, Central Academy of Fine Arts and Beijing Arts College. He was the director of the fourth National Committee of China Federation of Literary and Art Circles, director of the Second Administrative Committee and the executive director of the Third Administrative Committee of China Artists Association.

Yan Han, né en 1916. Il est diplomé de l'Académie de l'Art de Luxun de Yan An. Il était professeur de l'Académie de l'Art de la Chine, de l'Académie Centrale des Beaux-Arts et de l'Académie de l'Art de Beijing, membre de la quatrième session de la Fédération des Milieux littéraires et artistiques de la Chine, membre du conseille de la deuxième session et celui permanant de la troisième session de l'Association des Artistes Chinois.

–

杨春华，1953 年生于南京，先后毕业于南京艺术学院、中央美术学院版画系研究生班，现为南京艺术学院教授。

Yang Chunhua, born in Nanjing in 1953. She graduated from Nanjing Arts Institute and was a student of postgraduate class of Printmaking Department of China Central Academy of Fine Arts. Now she is a professor of Nanjing Arts Institute.

Yang Chunhua, née à Nanjing en 1953. Elle est diplomé de l'Académie de l'Art de Nanjing et à la classe de master de la Faculté de l'Estampe de l'Académie Centrale des Beaux-Arts. Elle est professeur de l'Académie de l'Art de Nanjing.

–

杨越，1960年生，山东师范大学美术系毕业，曾在中央美术学院版画系进修，美国西北美术学院访问学者，现任青岛大学美术学院院长、教授。

Yang Yue, born in 1960, graduated from College of Fine Arts of Shandong Normal University, took further study in Printmaking Department of China Central Academy of Fine Arts, visited the Northwest America Academy of Fine Arts for study, currently he is a professor and prexy of College of Fine Arts of Qingdao University.

Yang Yue, né en 1960. Il est diplomé du département de l'Art à l'Ecole normale supérieure de Shandong et fait ses études à la Faculté de l'Estampe de l'Académie Centrale des Beaux-Arts. Il était savant de visite à l'Académie de l'Art du Nord-ouest aux Etats-Unis. Il est Directeur et professeur du Département de l'Art de l'Université de Qingdao.

–

应天齐，1949年生，现为中国美术家协会会员、深圳大学教授、中国版画家协会理事。

Ying Tianqi, born in 1949, now is the member of China Artists Association, professor in Shenzhen University and the director of China Printmakers Association.

Ying Tianqi, né en 1949. Il est le membre de l'Association des Artistes Chinois, professeur de l'Université de Shenzhen, le membre du conceil de l'Association des Artistes de Gravure Chinois.

–

袁庆禄，1953年生于河北，进修于天津美术学院、中央美术学院，中国美术家协会会员。

Yuan Qinglu, born in Hebei Province in 1953, had studied in Tianjin Academy of Fine Arts and Central Academy of Fine Arts. He is a member of China Artists Association.

Yuan Qinglu, né en Hebei en 1953. Il a fait ses études à l'Académie de l'Art de Tianjin et l'Académie Centrale des Beaux-Arts. Il est membre de l'Association des Artistes Chinois.

–

张岚军，1963年生于江苏省连云港市，毕业于苏州工艺学院，高级美术师，现工作于上海。

Zhang Lanjun, born in Lianyungang of Jiangsu Province in 1963, and graduated from Suzhou Art and Design Technology Institute, senior artist, currently working in Shanghai.

Zhang Lanjun, né à Lianyungang en Jiangsu en 1963. Il est diplomé de l'Académie de l'Art artisanal de Suzhou. Il est artiste supérieur et il travaille à Shanghai.

–

赵宗藻，1931年生于江苏省江阴县，曾任中国美术学院版画系教授、系主任、副院长和浙江省美术家协会副主席。

Zhao Zongzao, born in Jiangyin County of Jiangsu Province in 1931. He was the former professor, dean and vice prexy of Printmaking Department of China Academy of Art as well as the vice chairman of Zhejiang Artists Association.

Zhao Zongzao, né à Jianyin en Jiangsu en 1931. Il était professeur et Directeur de la Faculté de l'Estampe et Vice-Président de l'Académie nationale de l'Art de la Chine, et Vice-Président de l'Association des Artistes de Zhejiang.

–

郑爽，1937年生，祖籍福建，1962年毕业于中央美术学院版画系，现为广州美术学院教授。

Zheng Shuang, a native of Fujian Province, was born in 1937. She graduated from the Printmaking Department of Central Academy of Fine Arts. Now she is a professor of Guangzhou Academy of Fine Arts.

Zheng Shuang, née en Fujian en 1937. Elle est diplomé du département de l'Estampe de l'Académie Centrale des Beaux-Arts en 1962. Elle est professeur de l'Académie de l'Art de Guangzhou.

–

钟长清，1949年生于四川省简阳县，现为四川美术学院版画系教授。

Zhong Changqing, born in 1949 in Jianyang County of Sichuan Province. Now he is the Professor of Printmaking Department of Sichuan Fine Arts Institute.

Zhong Changqing, né à Jianyang dans la Province du Sichuan en 1949. Il est le professeur du département de gravure de l'Académie des Beaux-Arts de Sichuan.

–

钟曦，1963年生于江西，现为深圳大学艺术学院教授和主任。

Zhong Xi, born in Jiangxi Province in 1963. Now he is the professor and dean of Academy of Art and Design of Shenzhen University.

Zhong Xi, né en Jiangxi en 1963. Il est professeur et Directeur de la Faculté de l'Art de l'Université de Shenzhen.

–

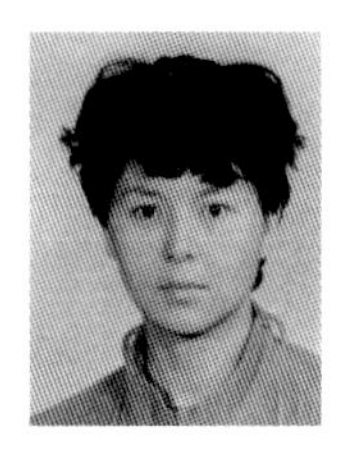

邹晓萍，1958年生，毕业于西北师范大学美术系、中央美术学院版画系研究生班，现任教于西北师范大学美术系。

Zou Xiaoping, born in 1958.She graduated from Northwest Normal University Fine Arts Department and was a postgraduate of the Printmaking Department of Central Academy of Fine Arts. Now she is teaching at the Fine Arts Department of Northwest Normal University.

Zou Xiaoping, née en 1958. Elle est diplomée du département de l'Art à l'Ecole normale supérieure du Nord-est et à la Faculté de l'Estampe de l'Académie Centrale des Beaux-Arts. Elle est enseignante à la Faculté de l'Art à l'Ecole normale supérieure du Nord-est.

陈辉，1970年生于浙江，毕业于中央工艺美术学院，现为清华大学美术学院雕塑系讲师。

Chen Hui, born in Zhejiang in 1970 and graduated from the Central Academy of Fine Arts. He is a lecturer in the Sculpture Department of Fine Arts College in Tsinghua University.

Chen Hui, né en Zhenjiang en 1970. Il est diplomé de l'Académie central de l'Art artisanal. Il est enseignant de la Faculté de la Sculpture du Département de l'Art de l'Université de Tsinghua.

–

陈亦均，1966年生于广东东莞，毕业于广州美术学院，现为广州雕塑院美术师。

Chen Yijun, born in Dongguan of Guangdong Province in 1966 and graduated from Guangzhou Academy of Fine Arts. He is a teacher in Guangzhou Sculpture Institute.

Chen Yijun, né à Dongguan en Guangdong en 1966. Il est diplomé de l'Académie de l'Art de Guangzhou. Il est artiste de l'Académie de la Sculpture de Guangzhou.

–

邓柯，1978年生于中国湖南，2007年获清华大学美术学院硕士学位，现任教于北京服装学院。

Deng Ke, born in Hunan in 1978, acquired his Master's degree from the Academy of Arts & Design of Tsinghua University in 2007. Now she teaches at Beijing Institute of Fashion Technology.

Deng Ke, née en Hunan en Chine en 1978. Elle a obtenu le diplôme de master du Département de l'Art de l'Université de Tsinghua. Elle est professeur de l'Académie des Costumes de Beijing.

–

简向东，1949年生于广东吴川，毕业于广州美术学院雕塑系，现为广州美术学院图片社美术干部。

Jian Xiangdong, born in Wuchuan of Guangdong Province in 1949 and graduated from the Department of Sculpture of Guangzhou Academy of Fine Arts.Now he is an artistic leader in the Photo Agency of Guangzhou Acadmy of Fine Arts.

Jian Xiangdong, né à Wuchuan en Guangdong en 1949. Il est diplomé du département de la Sculpture de l'Académie de l'Art de Guangzhou. Il est cadre artistique de l'Agence de Photos de la Fédération des Milieux littéraires.

黎明，1957年生于湖南长沙，现为广州美术学院院长和教授、中国美术家协会雕塑艺术委员会委员。

Li Ming, born in Changsha of Hunan Province in 1957, is the president and professor of Guangzhou Academy of Fine Arts, member of the Sculpture Art Committee in China Artists Association.

Li Ming, né à Changsha en Hunan en 1957. Il est Président et professeur de l'Académie de l'Art de Guangzhou, membre du Comité artistique de la Sculpture de l'Association des Artistes Chinois.

–

李富军，1973年生于山东青州，毕业于列宾美术学院，现为列宾美术学院雕塑系在读博士。

Li Fujun, born in Qingzhou, Shandong in 1973 and graduated from Repin Academy of Fine Arts. Now he is a doctoral student in the Sculpture Department of Rebin Academy of Fine Arts.

Li Fujun, né à Qingzhou en Shandong en 1973. Il est diplomé de l'Académie de l'Art de Repin. Il est Docteur en étude de la Faculté de la Sculpture de l'Académie de l'Art de Repin.

–

李象群，1961年生于哈尔滨，现为中国美术家协会会员、清华大学美术学院教授。

Li Xiangqun, born in Harbin in 1961, now he is the professor of the Academy of Arts & Design of Tsinghua University, and member of China Artists Association.

Li Xiangqun, né à Haerbin en 1961. Il est membre de l'Association des Artistes Chinois et professeur du Département de l'Art de l'Université de Tsinghua.

–

刘安文，1958年生于吉林长春，毕业于东北师范大学、深圳书画艺术学院，现为北京现代伊尹文化发展中心副主任。

Liu Anwen, born in Changchun of Jilin Province in 1958 and graduated from Northeast Normal University and Shenzhen Art Institute of Calligraphy and Painting. Now he is the vice director of Beijing Modern Yiyin Culture Developing Centre.

Liu Anwen, né à Changchun en Jilin en 1958. Il est diplomé à l'Ecole normale supérieure du Nord-est et à l'Académie de l'Art de la Calligraphie et de la Peinture de Shenzhen. Il est Directeur adjoint du Centre moderne du Développement de la Culture de Yiyin de Beijing.

刘有权，1952年生于广东省广州市，曾于美国新泽西州工作室研习雕塑，现为职业雕塑家。

Liu Youquan, born in Guangzhou of Guangdong Province in 1952 and had studied in an sculpture studio in New Jersey, U.S. Now he is a professional artist.

Liu Youquqn, né à Guangzhou en Guangdong en 1952. Il a étudié la sculpture au studio de New Jersey des Etats-Unis. Il est sculpteur professionnelle.

–

陆金，1967年生于安徽灵璧县，毕业于鲁迅美术学院，现为自由艺术家。

Lu Jin, born in Lingbi county of Anhui Province in 1967 and graduated from the LuXun Art College. Now he is a freelance artist.

Lu Jin, né à Linbi en Anhui en 1967. Il est diplomé à l'Académie de l'Art de Luxun. Il est artiste libre.

–

罗斯，1976年生于广西，毕业于吉林工学院，现为自由艺术家。

Luo Si, born in Guangxi in 1976 and graduated from the Academy of Industry in Jilin. Now he is a freelance artist.

Luo Si, né en Guangxi en 1976. Il est diplomé à l'Institut industriel de Jilin. Il est artiste libre.

–

毛关福，1946年生于上海，毕业于上海大学美术学院，现为上海交通大学中华青铜公司艺术总监。

Mao Guanfu, born in shanghai in 1946 and graduated from the Academy of Fine Arts of Shanghai University. Now he is the art director in Chinese Bronze Company of Shanghai Jiaotong University.

Mao Guanfu, né à Shanghai en 1946. Il est diplomé au Département de l'Art de l'Université de Shanghai. Il est Directeur d'Art la Société chinoise du Bronze de l'Université de Jiaotong de Shanghai.

–

钱绍武，1928年生于江苏无锡，现为中央美术学院教授和博士生导师、中国工艺美术学会雕塑委员会会长。

Qian Shaowu, born in Wuxi of Jiangsu Province in 1928, is the professor, doctor student advisor and s president of Sculpture Committee in China Arts and Crafts Institute.

Qian Shaowu, né à Wuxi en Jiangsu en 1928. Il est professeur, Maître des Docteurs et Président du Comité de la Sculpture de l'Association de l'Art artisanal de Chine.

–

乔迁，1968年生于江苏省徐州市，毕业于清华大学美术学院，现为北方工业大学副教授。

Qiao Qian, born in Xuzhou in 1968 and graduated from the Academy of Fine Arts of Tsinghua University. Now he is an vice-professor in North China University of Technology.

Qiao Qian, né à Xuzhou en Jiangsu en 1968. Il est diplomé au Département de l'Art de l'Université de Tsinghua. Il est Directeur adjoint de l'Université industrielle du Nord.

–

盛杨，1931年生于江苏，中央美术学院教授、曾任中国美术家协会雕塑艺委会主任、首都城市雕塑艺术委员会副主任。

Sheng Yang, born in Jiangsu in 1931, professor of China Academy of Fine Arts. He was the former director of the Sculpture Department of Central Academy of Fine Arts and deputy director of Capital Cty Sculpture Art Committee.

Sheng Yang, né en Jiangsu en 1931. Il était Directeur du département de la Sculpture de l'Académie Centrale des Beaux-Arts, vice-directeur du Comité artistique de la Sculpture urbaine de Beijing.

–

孙家钵，1940年生于北京，毕业于中央美术学院雕塑系，现任教于中央美术学院雕塑系。

Sun Jiabo, born in Beijing in 1940 and had studied in the Sculpture Department of Central Academy of Fine Art. Now he teaches at the Sculpture Department.

Sun Jiabo, né à Beijing en 1940. Il est diplomé du département de la Sculpture de l'Académie Centrale des Beaux-Arts. Il est professeur de la Faculté de la Sculpture de l'Académie Centrale des Beaux-Arts.

–

孙相勇，1982年生于黑龙江，现为清华大学美术学院研究生。

Sun Xiangyong, born in Heilongjiang in 1982, is a graduate student in the Academy of Fine Arts of Tsing Hua University.

Sun Xiangyong, né en Heilongjiang en 1982. Il est master du Département de l'Art de l'Université de Tsinghua.

–

唐勇，1969年生于四川省南江县，毕业于四川美术学院，现为四川美术学院雕塑系教师。

Tang Yong, born in Nanjiang county of Sichuan Province in 1969 and graduated from Sichuan Fine Arts Institute. Now he is a teacher of Sichuan Fine Arts Institute.

Tang Yong, né à Nanjiang en Séchuan en 1969. Il est diplomé de l'Académie de l'Art de Séchuan. Il est enseignant de l'Académie de l'Art de Séchuan.

–

王钢，1976年生于黑龙江，毕业于清华大学美术学院，现为清华大学美术学院雕塑系研究生。

Wang Gang, born in Heilongjiang in 1976 and graduated from the College of Fine Arts of Tsinghua University. Now he is a graduate student in the Sculpture Department of the Academy of Fine Arts of Tsinghua University.

Wang Gang, né en Heilongjiang en 1976. Il est diplomé au Département de l'Art de l'Université de Tsinghua. Il est master en étude à la Faculté de la Sculpture du Département de l'Art de l'Université de Tsinghua.

–

王洪亮，1953年生于山东诸城，现为中国美术家协会会员、清华大学美术学院教授。

Wang Hongliang, born in Zhucheng of Shandong Province in 1953, is a professor in the Sculpture Department of the Academy of Arts & Design of Tsinghua University. He is a member of China Artists Association.

Wang Hongliang, né à Zhucheng en Shandong en 1953. Il est membre de l'Association des Artistes Chinois et professeur du Département de l'Art de l'Université de Tsinghua.

吴金果，1972年生于福建省，结业于广州美术学院高级雕塑班，现为广州市亚美特雕塑有限公司雕塑总监。

Wu Jinguo, born in Fujian province in 1972 and completed study in the senior sculpture class run by the Guangzhou Academy of Fine Arts. Now he is the sculpture director of the Guangzhou Yamit Sculpture Limited.

Wu Jinguo, né en Fujian en 1972. Il est diplomé au classe de la sculpture supérieur de l'Académie de l'Art de Guangzhou. Il est Directeur de Sculpture de la Société de l'Art de la Sculpture de Yameite de Guangzhou à Responsabilité limitée.

–

吴为山，1962年生于江苏东台，毕业于南京师范大学，现为南京大学美术研究院院长、教授。

Wu Weishan, born in Dongtai of Jiangsu Province in 1962 and graduated from Nanjing Normal University. Now he is the professor and dean of the Art Research Academy of Nanjing University.

Wu Weishan, né à Dongtai en Jiangsu en 1962. Il est diplomé à l'Ecole normale supérieure de Nanjing. Il est Directeur et professeur de l'Institut de Recherche de l'Art de l'Université de Nanjing.

–

徐雅惠，1972年生于上海，毕业于四川美术学院，现为青岛大学美术学院讲师。

Xu Yahui, born in Shanghai in 1972 and graduated from Sichuan Fine Arts Institute. Now she is a lecturer of Academy of Fine Arts of Qingdao University.

Xu Yahui, née à Shanghai en 1972. Elle est diplomée de l'Académie de l'Art de Sichuan. Elle est professeur de Qingdao Universte.

–

杨萌，1979年生于黑龙江，毕业于上海大学，现为上海大学美术学院研究生。

Yang Meng, born in Heilongjiang in 1979 and graduated from Shanghai University. Now she is a postgraduate student in Fine Art College of Shanghai Uniersity.

Yang Meng, née en Heilongjiang en 1979. Elle est diplomée de l'Université de Shanghai. Elle est master en étude au Département de l'Art de l'Université de Shanghai.

于凡，1966年生于山东省青岛市，毕业于中央美术学院雕塑系，现为中央美术学院雕塑系讲师。

Yu Fan, born in Qingdao of Shandong Province in 1966 and graduated from the Sculpture Department of Central Academy of Fine Arts. Now he is a lecturer in the Sculpture Department of Central Academy of Fine Arts.

Yu Fan, né à Qingdao en Shandong en 1966. Il est diplomé du département de la Peinture à l'Huile de l'Académie Centrale des Beaux-Arts. Il est enseignant de la Faculté de la Sculpture de l'Académie Centrale des Beaux-Arts.

–

曾成钢，1960年生于浙江，现为中国美术家协会副主席，清华大学美术学院教授、系主任。

Zeng Chenggang, born in Zhengjiang Province in 1960, is the professor and director of the Academy of Arts & Design of Tsinghua University. He is also the member of China Artists Association.

Zeng Chenggang, né en Zhejiang en 1960. Il est Vice-Président de l'Association des Artistes Chinois et Président, et professeur et directeur du Département de l'Art de l'Université de Tsinghua.

–

张德峰，1961年生于北京，毕业于中央美术学院雕塑系，现为中央美术学院雕塑系副教授。

Zhang Defeng, born in Beijing in 1961 and graduated from the Sculpture Department of Central Academy of Fine Arts. Now he is an vice-professor in the Sculpture Department of Central Academy of Fine Arts.

Zhang Defeng, né à Beijing en 1961. Il est diplomé du département de la Peinture à l'Huile de l'Académie Centrale des Beaux-Arts. Il est vice-professeur de la Faculté de la Peinture à l'Huile de l'Académie Centrale des Beaux-Arts.

–

周阿成，1963年生于江苏射阳，毕业于景德镇陶瓷学院、中央美术学院硕士同等学历班，现为江南大学设计学院公共艺术系副教授。

Zhou Acheng, born in Sheyang of Jiangsu Province in 1963 graduated from Jingdezhen Ceramic Institute and won a graduate equivalency diploma from Central Academy of Fine Art. Now he is an vice-professor in the College of Design of Southern Yangtze University.

Zhou Acheng, né à Sheyang en Jiangsu en 1963. Il a fini ses etudes à l'Académie de la Porcelaine de Jingdezhen et au classe de master de l'Académie Centrale des Beaux-Arts. Il est professeur adjoint de la Faculté de l'Art publique du Département du Design de l'Université de Jiangnan.

主　编：吴长江

副主编：刘健　陶勤 （以拼音为序）

编　委：刘建　刘中　马晓峰　杨长庚　杨家永 （以拼音为序）

Editor in chief: Wu Changjiang

Subeditors: Liu Jian Tao Qin (in alphabetical order)

Redaction members: Liu Jian Liu Zhong Ma Xiaofeng Yang Changgeng Yang Jiayong (in alphabetical order)

Rédacteur en chef: Wu Changjiang

Vice rédacteurs en chef: Liu Jian Tao Qin (par ordre alphabétique)

Membres de rédaction: Liu Jian Liu Zhong Ma Xiaofeng Yang Changgeng Yang Jiayong (par ordre alphabétique)

图书在版编目（CIP）数据

中国美术世界行．2009：汉、英、法对照 / 中国美术家协会编．—成都：四川美术出版社，2009.8
ISBN 978-7-5410-3968-3

Ⅰ．中… Ⅱ．中… Ⅲ.美术—作品综合集—中国—现代 Ⅳ.J121

中国版本图书馆CIP数据核字（2009）第148946号

中国美术世界行 2009
ZHONGGUO MEISHU SHIJIEXING 2009

中国美术家协会 编

责任编辑 汪青青 洪 艳
特约编辑 陈 琦
责任校对 兰 莹
翻　　译 德 莉
装帧设计 陈 琦 张 帅
责任印制 曾晓峰
出版发行 四川出版集团 · 四川美术出版社
地　　址 成都市三洞桥路12号（邮编：610031）
成品尺寸 235mm × 290mm
印　　张 24.75
图　　幅 280幅
字　　数 40千
印　　刷 北京雅昌彩色印刷有限公司
版　　次 2009年8月第1版
印　　次 2009年8月第1次印刷
书　　号 ISBN 978-7-5410-3968-3
定　　价 160.00元